Insel-Bibliothek

GOETHES LIEBESGEDICHTE

HERAUSGEGEBEN VON
HANS GERHARD GRÄF
MIT EINEM NACHWORT
VON EMIL STAIGER

INSEL VERLAG

Insel Verlag Frankfurt am Main 1985

FÜR SIE

»In deinem Liede walten
Gar manche schöne Namen!«
Sind mancherlei Gestalten,
Doch nur Ein Rahmen.

»Nun aber die Schöne,
Die dich am Herzen hegte?«
Jede kennt die Töne,
Die sie erregte.

Laß, *o Genius* unsers Vaterlands, bald einen Jüngling aufblühen, der voller Jugendkraft und Munterkeit zuerst für seinen Kreis der beste Gesellschafter wäre, das artigste Spiel angäbe, das freudigste Liedchen sänge, im Rundgesange den Chor belebte, dem die beste Tänzerin freudig die Hand reichte, den neusten, mannigfaltigsten Reihen vorzutanzen, den zu fangen die Schöne, die Witzige, die Muntre alle ihre Reize ausstellten; dessen empfindendes Herz sich auch wohl fangen ließe, sich aber stolz im Augenblicke wieder losrisse, wenn er aus dem *dichtenden Traum* erwachend fände, daß seine Göttin nur schön, nur witzig, nur munter sei; dessen Eitelkeit, durch den Gleichmut einer Zurückhaltenden beleidigt, sich der aufdrängte, sie durch erzwungne und erlogne Seufzer und Tränen und Sympathien, hunderterlei Aufmerksamkeiten des Tags, schmelzende Lieder und Musiken des Nachts, endlich auch eroberte und – auch wieder verließ, weil sie nur *zurückhaltend* war; der uns dann all seine Freuden und Siege und Niederlagen, all seine Torheiten und Resipiscenzen mit dem Mut eines unbezwungenen Herzens vorjauchzte, vorspottete; des Flatterhaften würden wir uns freuen, dem gemeine, einzelne weibliche Vorzüge nicht genugtun.
Aber dann, *o Genius!* daß offenbar werde, nicht Fläche, Weichheit des Herzens sei an seiner Unbestimmtheit schuld, laß ihn ein Mädchen finden, seiner wert!
Wenn ihn heiligere Gefühle aus dem Geschwirre der Gesellschaft in die Einsamkeit leiten, laß ihn auf seiner Wallfahrt ein Mädchen entdecken, deren Seele ganz Güte, zugleich mit einer Gestalt ganz Anmut, sich in stillem Familienkreis häuslicher tätiger Liebe glücklich entfaltet hat; die, Liebling, Freundin, Beistand ihrer Mutter, die zweite Mutter ihres Hauses ist, deren stets liebwürkende Seele jedes Herz unwiderstehlich an sich reißt, zu der Dichter und Weise willig in die Schule gingen, mit Entzücken

schauten eingeborne Tugend, mitgebornen Wohlstand und Grazie. – Ja, wenn sie in Stunden einsamer Ruhe fühlt, daß ihr bei all dem Liebeverbreiten noch etwas fehlt, ein Herz, das, jung und warm wie sie, mit ihr nach fernern, verhülltern Seligkeiten dieser Welt ahndete, in dessen belebender Gesellschaft sie nach all den goldnen Aussichten von *ewigem Beisammensein, daurender Vereinigung, unsterblich webender Liebe* fest angeschlossen hinstrebte.

Laß die beiden sich finden; beim ersten Nahen werden sie dunkel und mächtig ahnden, was jedes für einen Inbegriff von Glückseligkeit in dem andern ergreift, werden nimmer voneinander lassen. Und dann lall er ahndend und hoffend und genießend:

»Was doch keiner mit Worten ausspricht, keiner mit Tränen, und keiner mit dem verweilenden vollen Blick, und der Seele drin.«

Wahrheit wird in seinen Liedern sein und lebendige Schönheit, nicht bunte Seifenblasenideale, wie sie in hundert deutschen Gesängen herumwallen.

Doch obs solche Mädchen gibt? obs solche Jünglinge geben kann?

Goethe in der Rezension der
›Gedichte von einem Polnischen Juden‹, 1772.

DIE LIEBESGEDICHTE

ANNETTE

ANNA KATHARINA SCHÖNKOPF

1746–1810

Goethe an seinen Freund Moors, 1766 Oktober 1, Leipzig: Ich liebe ein Mädchen, ohne Stand und ohne Vermögen, und jetzo fühle ich zum allerersten Male das Glück, das eine wahre Liebe macht. Ich habe die Gewogenheit meines Mädchens nicht denen kleinen elenden Trakasserien des Liebhaber zu danken, nur durch meinen Charakter, nur durch mein Herz habe ich sie erlangt . . . Das fürtreffliche Herz meiner S. ist mir Bürge, daß sie mich nie verlassen wird, als dann, wenn es uns Pflicht und Notwendigkeit gebieten werden, uns zu trennen.

Horn an Moors, 1766 Oktober 3, Leipzig:

Er liebt ein Mädchen, das unter seinem Stand ist, aber ein Mädchen, das – ich glaube nicht zu viel zu sagen – das Du selbst lieben würdest, wenn Du es sähest. Ich bin kein Liebhaber und also werde ich ganz ohne Leidenschaft schreiben. Denke Dir ein Frauenzimmer, wohlgewachsen, obgleich nicht sehr groß, ein rundes, freundliches, obgleich nicht außerordentlich schönes Gesicht, eine offne, sanfte, einnehmende Miene, viele Freimütigkeit ohne Koketterie, einen sehr artigen Verstand, ohne die größte Erziehung gehabt zu haben. Er liebt sie sehr zärtlich, mit den vollkommen redlichen Absichten eines tugendhaften Menschen, ob er gleich weiß, daß sie nie seine Frau werden kann.

ANNETTE AN IHREN GELIEBTEN

Ich sah, wie Doris bei Damöten stand,
Er nahm sie zärtlich bei der Hand.
Mit starrem Blick sahn sie einander an,
Und sahn sich um, ob nicht die Eltern wachen;
Und da sie niemand sahn,
Geschwind – jedoch genug – sie machtens,
wie wirs machen.

AN DEN SCHLAF

Der du mit deinem Mohne
Selbst Götteraugen zwingst,
Und Bettler oft zum Throne,
Zum Mädchen Schäfer bringst,
Vernimm: Kein Traumgespinste
Verlang ich heut von dir,
Den größten deiner Dienste,
Geliebter, leiste mir.

An meines Mädchens Seite
Sitz ich, ihr Aug spricht Lust,
Und unter neidscher Seide
Steigt fühlbar ihre Brust;
Oft hatte meinen Küssen
Sie Amor zugebracht,
Dies Glück muß ich vermissen,
Die strenge Mutter wacht.

Am Abend triffst du wieder
Mich dort, o tritt herein,
Sprüh Mohn von dem Gefieder,
Da schlaf die Mutter ein:
Bei blassem Lichterscheinen,
Von Lieb Annette warm,
Sink, wie Mama in deinen,
In meinen giergen Arm.

DIE LIEBHABER

Mein Mädchen im Schatten der Laube,
Umhangen von purpurner Traube,
Bekränzte mit Rebenlaub sich
Und wartete schmachtend auf mich.
Da wallte der Herrscher der Träume
Durch zitternde Wipfel der Bäume,
Erblickte das liebliche Kind,
Sank nieder, umarmt' es geschwind.

Sie schlummert, er küßte die Wangen,
Sie glühten von heißem Verlangen,
Erhitzet, o Gottheit, von dir,
Nach sterblichen Küssen von mir.
Da saugte mit atmenden Zügen
Annette das größte Vergnügen
Der Träume, die Mädchen erfreun,
Vom Munde des Göttlichen ein.

Schnell war sie von Leuten umgeben,
Die schmachteten seufzend nach Leben
Und harreten zitternd aufs Glück
Von einem beseelenden Blick.
Da lag nun auf Knieen die Menge,
Mein Mädchen erblickt' das Gedränge
Und hörte der Bittenden Schrein,
Und dünkte sich Venus zu sein.

Erst sah sie den schrecklichen Sieger,
Da lag er gebückt, wie ein Krieger,
Den stärkerer Streitenden Macht
In schimpfliche Fesseln gebracht.
So sprach er: »Die mächtigen Waffen,
Den Ruhm zu erobern geschaffen,
Erheben, erwählest du mich,
Auf deine Befehle nur sich.

»Da fürcht ich nicht Wäll, nicht Kanonen,
Nicht Tonnen, die Minen bewohnen,
Nicht Feinde, die scharenweis ziehn,
Du sprichst nur: Entflieht; sie entfliehn.
Doch mußt du für Eisen nicht beben,
Mein Arm, den jetzt Waffen umgeben,
Schließt sich in entwaffneter Ruh
Auch sanften Umarmungen zu.«

Der Kaufmann mit Putzwerk und Stoffen,
Was eitele Mädchen nur hoffen,
Trat näher und beugte sein Knie,
Verbreitet' es hoffend vor sie; –
»Erhöre mich, werde die Meine«,
So sprach er, »dies alles ist deine,
Dich kleid ich in herrlicher Pracht
Dann, wenn du mich glücklich gemacht.«

Der Stutzer im scheckigen Kleide
Von Samt und von Gold und von Seide
Kam summend, wie Käfer im Mai,
Mit künstlichen Sprüngen herbei –
»Du glänzest bei Ball und Konzerten,
Du herrschest beim Spiel und in Gärten,
Mein Dressenrock schimmert auf dich,
Geliebteste, wähle du mich.«

Noch andere kamen. Geschwinde
Wies da mich dem göttlichen Kinde
Der Traumgott. Sie schaute mich kaum:
»Den lieb ich« – so rief sie im Traum,
»Komm, eile! o komm, mich zu küssen« –
Ich eilte, sie fest zu umschließen;
Denn ich war ihr wachend schon nah,
Und küssend erwachte sie da.

AN ANNETTEN

Es nannten ihre Bücher
Die Alten sonst nach Göttern,
Nach Musen und nach Freunden,
Doch keiner nach der Liebsten;
Warum sollt ich, Annette,
Die du mir Gottheit, Muse,
Und Freund mir bist, und alles,
Dies Buch nicht auch nach deinem
Geliebten Namen nennen?

AN MEINE LIEDER

Seid, geliebte kleine Lieder,
Zeugen meiner Fröhlichkeit;
Ach, sie kömmt gewiß nicht wieder,
Dieser Tage Frühlingszeit.

Bald entflieht der Freund der Scherze,
Er, dem ich euch sang, mein Freund.
Ach, daß auch vielleicht dies Herze
Bald um meine Liebste weint!

Doch, wenn nach der Trennung Leiden
Einst auf euch Ihr Auge blickt,
Dann erinnert Sie der Freuden,
Die uns sonst vereint erquickt.

DER WAHRE GENUSS

Umsonst, daß du, ein Herz zu lenken,
Der Schönen Schoß mit Golde füllst;
O Fürst, laß dir die Wollust schenken,
Wenn du die Wollust fühlen willst.
Gold kauft nur den geringen Haufen,
Und niemals edle Seelen dir;
Doch willst du eine Tugend kaufen,
So geh und gib dein Herz dafür.

Was ist die Lust, die in den Armen
Der Buhlerin die Wollust schafft?
Du wärst ein Vorwurf zum Erbarmen,
Ein Tor, wärst du nicht lasterhaft.
Sie küsset dich aus feilem Triebe,
Und Glut nach Gold füllt ihr Gesicht.
Unglücklicher! Du fühlst nicht Liebe,
Und selbst die Wollust fühlst du nicht.

Sei ohne Tugend! doch verliere
Den Vorzug eines Menschen nie!
Denn Wollust fühlen alle Tiere,
Der Mensch allein verfeinert sie.
Laß dich die Lehren nicht verdrießen,
Sie hindern dich nicht am Genuß,
Sie lehren dich, wie man genießen
Und Wollust würdig fühlen muß.

Soll dich kein heilig Band umgeben,
O Jüngling! schränke selbst dich ein!
Man kann in wahrer Freiheit leben,
Und doch nicht ungebunden sein.
Laß nur für Eine dich entzünden,
Und wenn du deinen Wunsch erfüllst,
So laß dich durch die Liebe binden,
Wenn du es durch die Pflicht nicht willst.

Empfinde, Jüngling! Und dann wähle
Ein Mädchen dir, sie wähle dich,
Von Körper schön und schön von Seele,
Und dann bist du beglückt wie ich.
Ich, der ich diese Kunst verstehe,
Ich habe mir ein Kind gewählt,
Daß uns zum Glück der schönsten Ehe
Nichts als des Priesters Segen fehlt.

Für nichts besorgt als meine Freude,
Für mich nur schön zu sein bemüht,
Wollüstig nur an meiner Seite,
Und sittsam, wenn die Welt sie sieht.
Damit die Zeit der Glut nicht schade,
Räumt sie niemals ein Recht mir ein,
Und heut muß ihre Gunst noch Gnade
Wie an dem ersten Abend sein.

Der Mädchen höchste Gunst ist keine,
Wenn Schwachheit uns den Weg verkürzt;
Doch jede Kleinigkeit wird eine,
Ist sie durch Hindernis gewürzt.
Sie lehret mich die Wollust schätzen,
Je weniger sie mir erlaubt;
Mit Klugheit weiß sie zu ersetzen,
Was sie aus Klugheit mir geraubt.

Ich bin genügsam und genieße
Schon da, wenn sie mir zärtlich lacht,
Wenn sie bei Tisch des Liebsten Füße
Zum Schemel ihrer Füße macht;
Den Apfel, den sie angebissen,
Das Glas, woraus sie trank, mir reicht
Und mir, bei halbgeraubten Küssen,
Den sonst verdeckten Busen zeigt.

Wenn in gesellschaftlicher Stunde
Sie einst mit mir von Liebe spricht,
Wünsch ich nur Worte von dem Munde,
Nur Worte, Küsse wünsch ich nicht.
Welch ein Verstand, der sie beseelet,
Ihr gutes Herz mit Reiz umgibt,
Sie ist vollkommen! Und sie fehlet
Darin allein, daß sie mich liebt.

Die Ehrfurcht wirft mich ihr zu Füßen,
Die Wollust mich an ihre Brust.
Sieh, Jüngling, dieses heißt genießen,
Sei klug und suche diese Lust!
Der Tod führt einst von ihrer Seite
Dich auf zum englischen Gesang,
Dich zu des Paradieses Freude,
Und du fühlst keinen Übergang.

DIE NACHT

Gern verlass ich diese Hütte,
Meiner Schönen Aufenthalt,
Und durchstreich mit leisem Tritte
Diesen ausgestorbnen Wald.
Luna bricht die Nacht der Eichen,
Zephirs melden ihren Lauf,
Und die Birken streun mit Neigen
Ihr den süßsten Weihrauch auf.

Schauer, der das Herze fühlen,
Der die Seele schmelzen macht,
Wandelt im Gebüsch im Kühlen.
Welche schöne, süße Nacht!
Freude! Wollust! kaum zu fassen!
Und doch wollt ich, Himmel, dir
Tausend deiner Nächte lassen,
Gäb mein Mädchen Eine mir.

AN VENUS

Große Venus, mächtge Göttin!
Schöne Venus, hör mein Flehn.
Nie hast du mich
Über Krügen vor dem Bacchus
Auf der Erde liegen sehn.

Keinen Wein hab ich getrunken,
Den mein Mädchen nicht gereicht;
Nie getrunken,
Daß ich nicht voll gütger Sorge
Deine Rosen erst gesäugt.

Und dann goß ich auf dies Herze,
Das schon längst dein Altar ist,
Von dem Becher
Güldne Flammen, und ich glühte,
Und mein Mädchen ward geküßt.

Dir allein empfand dies Herze;
Göttin, gib mir einen Lohn.
Aus dem Lethe
Soll ich trinken, wenn ich sterbe,
Ach, befreie mich davon.

Laß mir, Gütige – dem Minos
Seis an meinem Tod genung –
Mein Gedächtnis!
Denn es ist ein zweites Glücke
Eines Glücks Erinnerung.

DER SCHMETTERLING

Und in Papillons Gestalt
Flattr ich, nach den letzten Zügen,
Zu den vielgeliebten Stellen,
Zeugen himmlischer Vergnügen,
Über Wiesen, an die Quellen,
Um den Hügel, durch den Wald.

Ich belausch ein zärtlich Paar;
Von des schönen Mädchens Haupte,
Aus den Kränzen schau ich nieder;
Alles, was der Tod mir raubte,
Seh ich hier im Bilde wieder,
Bin so glücklich, wie ich war.

Sie umarmt ihn lächelnd, stumm,
Und sein Mund genießt der Stunde,
Die ihm gütge Götter senden,
Hüpft vom Busen zu dem Munde,
Von dem Munde zu den Händen,
Und ich hüpf um ihn herum.

Und sie sieht mich, Schmetterling.
Zitternd vor des Freunds Verlangen
Springt sie auf, da flieg ich ferne.
»Liebster, komm, ihn einzufangen,
Komm, ich hätt es gar zu gerne,
Gern das kleine bunte Ding.«

DAS GLÜCK, AN ANNETTEN

Du hast uns oft im Traum gesehen
Zusammen zum Altare gehen,
Und dich als Frau, und mich als Mann;
Oft nahm ich wachend deinem Munde
In einer unbewachten Stunde,
So viel man Küsse nehmen kann.

Sie sind, die süß verträumten Stunden,
Die durchgeküßten sind verschwunden,
Wir wünschen traurig sie zurück.
O wünsche dir kein größres Glücke;
Es flieht der Erden größtes Glücke,
Wie des geringsten Traumes Glück.

UNBESTÄNDIGKEIT

Auf Kieseln im Bache, da lieg ich, wie helle,
Verbreite die Arme der kommenden Welle,
Und buhlerisch drückt sie die sehnende Brust.
Dann trägt sie ihr Leichtsinn im Strome darnieder,
Schon naht sich die zweite und streichelt mich wieder,
Da fühl ich die Freuden der wechselnden Lust.

O Jüngling, sei weise, verwein nicht vergebens
Die fröhlichsten Stunden des traurigen Lebens,
Wenn flatterhaft dich ja ein Mädchen vergißt;
Geh, ruf sie zurücke, die vorigen Zeiten!
Es küßt sich so süße der Busen der Zweiten,
Als kaum sich der Busen der Ersten geküßt.

DIE RELIQUIE

Ich kenn, o Jüngling, deine Freude,
Erwischest du einmal zur Beute
Ein Band, ein Stückchen von dem Kleide,
Das dein geliebtes Mädchen trug.
Ein Schleier, Halstuch, Strumpfband, Ringe
Sind wirklich keine kleinen Dinge,
Allein mir sind sie nicht genug.

Mein zweites Glücke nach dem Leben,
Mein Mädchen hat mir was gegeben,
Setzt eure Schätze mir darneben,
Und ihre Herrlichkeit wird nichts.
Wie lach ich all der Trödelware!
Sie schenkte mir die schönsten Haare,
Den Schmuck des schönen Angesichts.

Soll ich dich gleich, Geliebte, missen,
Wirst du mir doch nicht ganz entrissen:
Zu sehn, zu tändeln und zu küssen,
Bleibt mir der schönste Teil von dir.
Gleich ist des Haars und mein Geschicke:
Sonst buhlten wir mit einem Glücke
Um sie, jetzt sind wir fern von ihr.

Fest waren wir an sie gehangen,
Wir streichelten die runden Wangen
Und gleiteten oft mit Verlangen
Von da herab zur rundern Brust.
O Nebenbuhler, frei vom Neide,
Reliquie, du schöne Beute,
Erinnre mich der alten Lust.

DIE LIEBE WIDER WILLEN

Ich weiß es wohl, und spotte viel:
Ihr Mädchen seid voll Wankelmut!
Ihr liebet, wie im Kartenspiel,
Den David und den Alexander;
Sie sind ja Forcen miteinander,
Und die sind miteinander gut.

Doch bin ich elend wie zuvor,
Mit misanthropischem Gesicht,
Der Liebe Sklav, ein armer Tor!
Wie gern wär ich sie los, die Schmerzen!
Allein es sitzt zu tief im Herzen,
Und Spott vertreibt die Liebe nicht.

DAS GLÜCK DER LIEBE

Trink, o Jüngling, heilges Glücke
Taglang aus der Liebsten Blicke,
Abends gaukl ihr Bild dich ein;
Kein Verliebter hab es besser,
Doch das Glück bleibt immer größer,
Fern von der Geliebten sein.

Ewge Kräfte, Zeit und Ferne,
Heimlich wie die Kraft der Sterne,
Wiegen dieses Blut zur Ruh.

Mein Gefühl wird stets erweichter,
Doch mein Herz wird täglich leichter,
Und mein Glück nimmt immer zu.

Nirgends kann ich sie vergessen,
Und doch kann ich ruhig essen,
Heiter ist mein Geist und frei;
Und unmerkliche Betörung
Macht die Liebe zur Verehrung,
Die Begier zur Schwärmerei.

Aufgezogen durch die Sonne,
Schwimmt im Hauch ätherscher Wonne
So das leichtste Wölkchen nie,
Wie mein Herz in Ruh und Freude.
Frei von Furcht, zu groß zum Neide
Lieb ich, ewig lieb ich sie.

AN DEN MOND

Schwester von dem ersten Licht,
Bild der Zärtlichkeit in Trauer!
Nebel schwimmt mit Silberschauer
Um dein reizendes Gesicht.
Deines leisen Fußes Lauf
Weckt aus tagverschloßnen Höhlen
Traurig abgeschiedne Seelen,
Mich und nächtge Vögel auf.

Forschend übersieht dein Blick
Eine großgemeßne Weite!
Hebe mich an deine Seite,
Gib der Schwärmerei dies Glück!
Und in wollustvoller Ruh
Säh der weitverschlagne Ritter
Durch das gläserne Gegitter
Seines Mädchens Nächten zu.

Dämmrung, wo die Wollust thront,
Schwimmt um ihre runden Glieder.
Trunken sinkt mein Blick hernieder;
Was verhüllt man wohl dem Mond?
Doch, was das für Wünsche sind!
Voll Begierde, zu genießen,
So da droben hängen müssen;
Ei, da schieltest du dich blind.

AN MEINE LIEDER

Verfließet, vielgeliebte Lieder,
Zum Meere der Vergessenheit!
Kein Mädchen sing euch lieblich wieder,
Kein Jüngling in der Blütenzeit.

Ihr sanget nur zu meiner Lieben;
Nun spricht sie meiner Treue Hohn.
Ihr wart ins Wasser eingeschrieben;
So fließt denn auch mit ihm davon.

FRÄNZCHEN

FRANZISKA CRESPEL

1752–18 . .

Goethe an eine Freundin in Frankfurt (Katharina Fabricius?), 1770 Juni 27, Saarbrücken:

Sagen Sie meinem Fränzchen, daß ich noch immer ihr bin. Ich habe sie viel lieb, und ich ärgerte mich oft, daß sie mich so wenig genierte; man will gebunden sein, wenn man liebt.

DER ABSCHIED

Laß mein Aug den Abschied sagen,
Den mein Mund nicht nehmen kann!
Schwer, wie schwer ist er zu tragen!
Und ich bin doch sonst ein Mann.

Traurig wird in dieser Stunde
Selbst der Liebe süßtes Pfand,
Kalt der Kuß von deinem Munde,
Matt der Druck von deiner Hand.

Sonst, ein leicht gestohlen Mäulchen,
O wie hat es mich entzückt!
So erfreuet uns ein Veilchen,
Das man früh im März gepflückt.

Doch ich pflücke nie ein Kränzchen,
Keine Rose mehr für dich.
Frühling ist es, liebes Fränzchen,
Aber leider Herbst für mich!

RIKCHEN

FRIEDERIKE ELISABETH BRION

1752-1813

Goethe an Frau v. Stein, 1779 September 28, Emmendingen (über seinen Besuch der Familie Brion am 25.): Die zweite Tochter vom Hause hatte mich ehmals geliebt, schöner, als ichs verdiente, und mehr als andre, an die ich viel Leidenschaft und Treue verwendet habe; ich mußte sie in einem Augenblick verlassen, wo es ihr fast das Leben kostete; sie ging leise drüber weg, mir zu sagen, was ihr von einer Krankheit jener Zeit noch überbliebe, betrug sich allerliebst mit so viel herzlicher Freundschaft vom ersten Augenblick, da ich ihr unerwartet auf der Schwelle ins Gesicht trat und wir mit den Nasen aneinander stießen, daß mirs ganz wohl wurde. Nachsagen muß ich ihr, daß sie auch nicht durch die leiseste Berührung irgendein altes Gefühl in meiner Seele zu wecken unternahm. Sie führte mich in jede Laube, und da mußt ich sitzen, und so wars gut . . . Die Alten waren treuherzig; man fand, ich sei jünger geworden. Ich blieb die Nacht und schied den andern Morgen bei Sonnenaufgang, von freundlichen Gesichtern verabschiedet, daß ich nun auch wieder mit Zufriedenheit an das Eckchen der Welt hindenken und in Friede mit den Geistern dieser Ausgesöhnten in mir leben kann.

Ein grauer, trüber Morgen
Bedeckt mein liebes Feld,
Im Nebel tief verborgen
Liegt um mich her die Welt.
O liebliche Friedricke,
Dürft ich nach dir zurück!
In einem deiner Blicke
Liegt Sonnenschein und Glück.

Der Baum, in dessen Rinde
Mein Nam bei deinem steht,
Wird bleich vom rauhen Winde,
Der jede Lust verweht.
Der Wiesen grüner Schimmer
Wird trüb wie mein Gesicht,
Sie sehen die Sonne nimmer,
Und ich Friedricken nicht.

Bald geh ich in die Reben
Und herbste Trauben ein;
Umher ist alles Leben,
Es strudelt neuer Wein.
Doch in der öden Laube,
Ach, denk ich, wär sie hier!
Ich brächt ihr diese Traube,
Und sie – was gäb sie mir?

Ich komme bald, ihr goldnen Kinder!
Vergebens sperret uns der Winter
In unsre warmen Stuben ein.
Wir wollen uns zum Feuer setzen
Und tausendfältig uns ergötzen,
Uns lieben wie die Engelein.
Wir wollen kleine Kränzchen winden,
Wir wollen kleine Sträußchen binden
Und wie die kleinen Kinder sein.

Es schlug mein Herz; geschwind zu Pferde!
Und fort! wild, wie ein Held zur Schlacht.
Der Abend wiegte schon die Erde,
Und an den Bergen hing die Nacht;
Schon stund im Nebelkleid die Eiche
Wie ein getürmter Riese da,
Wo Finsternis aus dem Gesträuche
Mit hundert schwarzen Augen sah.

Der Mond von einem Wolkenhügel
Sah schläfrig aus dem Duft hervor;
Die Winde schwangen leise Flügel,
Umsausten schauerlich mein Ohr;
Die Nacht schuf tausend Ungeheuer –
Doch tausendfacher war mein Mut;
Mein Geist war ein verzehrend Feuer,
Mein ganzes Herz zerfloß in Glut.

Ich sah dich, und die milde Freude
Floß aus dem süßen Blick auf mich.
Ganz war mein Herz an deiner Seite,
Und jeder Atemzug für dich.
Ein rosenfarbes Frühlingswetter
Lag auf dem lieblichen Gesicht,
Und Zärtlichkeit für mich, ihr Götter!
Ich hofft es, ich verdient es nicht.

Der Abschied, wie bedrängt, wie trübe!
Aus deinen Blicken sprach dein Herz.
In deinen Küssen welche Liebe,
O welche Wonne, welcher Schmerz!
Du gingst, ich stund und sah zur Erden,
Und sah dir nach mit nassem Blick;
Und doch, welch Glück! geliebt zu werden,
Und lieben, Götter, welch ein Glück!

Jetzt fühlt der Engel, was ich fühle.
Ihr Herz gewann ich mir beim Spiele,
Und sie ist nun von Herzen mein.
Du gabst mir, Schicksal, diese Freude,
Nun laß auch morgen sein wie heute,
Und lehr mich ihrer würdig sein.

Kleine Blumen, kleine Blätter
Streuen mir mit leichter Hand
Gute junge Frühlings-Götter
Tändlend auf ein lustig Band.

Zephir, nimms auf deine Flügel,
Schlings um meiner Liebsten Kleid!
Und dann tritt sie für den Spiegel
Mit zufriedener Munterkeit.

Sieht mit Rosen sich umgeben,
Sie, wie eine Rose jung
– Einen Kuß! geliebtes Leben,
Und ich bin belohnt genung.

Schicksal, segne diese Triebe,
Laß mich ihr und laß sie mein,
Laß das Leben unsrer Liebe
Doch kein Rosen-Leben sein.

Mädchen, das wie ich empfindet,
Reich mir deine liebe Hand,
Und das Band, das uns verbindet,
Sei kein schwaches Rosen-Band.

Balde seh ich Rickchen wieder,
Balde bald umarm ich sie,
Munter tanzen meine Lieder
Nach der süßten Melodie.

Ach, wie schön hats mir geklungen,
Wenn sie meine Lieder sang!
Lange hab ich nicht gesungen,
Lange, liebe Liebe, lang.

Denn mich ängsten tiefe Schmerzen,
Wenn mein Mädchen mir entflieht,
Und der wahre Gram im Herzen
Geht nicht über in mein Lied.

Doch jetzt sing ich, und ich habe
Volle Freude, süß und rein,
Ja, ich gäbe diese Gabe
Nicht für aller Klöster Wein.

MAIFEST

Wie herrlich leuchtet
Mir die Natur!
Wie glänzt die Sonne!
Wie lacht die Flur!

Es dringen Blüten
Aus jedem Zweig,
Und tausend Stimmen
Aus dem Gesträuch,

Und Freud und Wonne
Aus jeder Brust.
O Erd, o Sonne!
O Glück, o Lust!

O Lieb, o Liebe!
So golden schön,
Wie Morgenwolken
Auf jenen Höhn;

Du segnest herrlich
Das frische Feld,
Im Blütendampfe
Die volle Welt.

O Mädchen, Mädchen,
Wie lieb ich dich!
Wie blinkt dein Auge!
Wie liebst du mich!

So liebt die Lerche
Gesang und Luft,
Und Morgenblumen
Den Himmels-Duft,

Wie ich dich liebe
Mit warmem Blut,
Die du mir Jugend
Und Freud und Mut

Zu neuen Liedern
Und Tänzen gibst!
Sei ewig glücklich,
Wie du mich liebst!

Erwache, Friedericke,
Vertreib die Nacht,
Die einer deiner Blicke
Zum Tage macht.
Der Vögel sanft Geflüster
Ruft liebevoll,
Daß mein geliebt Geschwister
Erwachen soll.

Es zittert Morgenschimmer
Mit blödem Licht
Errötend durch dein Zimmer
Und weckt dich nicht.
Am Busen deiner Schwester,
Der für dich schlagt,
Entschläfst du immer fester,
Je mehr es tagt.

Die Nachtigall im Schlafe
Hast du versäumt;
So höre nun zur Strafe,
Was ich gereimt.
Schwer lag auf meinem Busen
Des Reimes Joch:
Die schönste meiner Musen,
Du – schliefst ja noch.

Ach, wie sehn ich mich nach dir,
Kleiner Engel! nur im Traum,
Nur im Traum erscheine mir!
Ob ich da gleich viel erleide,
Bang um dich mit Geistern streite
Und erwachend atme kaum.
Ach, wie sehn ich mich nach dir,
Ach, wie teuer bist du mir
Selbst in einem schweren Traum.

LOTTE

CHARLOTTE SOPHIE HENRIETTE BUFF

1753–1828

Kestner, Lottens Bräutigam, in einem Briefentwurf, 1772 Juni: Lottchen zog gleich seine ganze Aufmerksamkeit an sich. Sie ist noch jung, sie hat, wenn sie gleich keine ganz regelmäßige Schönheit ist (ich rede hier nach dem gemeinen Sprachgebrauch und weiß wohl, daß die Schönheit eigentlich keine Regeln hat), eine sehr vorteilhafte, einnehmende Gesichtsbildung: ihr Blick ist wie ein heiterer Frühlings-Morgen, zumal den Tag, weil sie den Tanz liebt; sie war lustig; sie war in ganz ungekünsteltem Putz.

›Dichtung und Wahrheit‹, Buch 12:
Sie gehörte zu denen, die, wenn sie nicht heftige Leidenschaften einflößen, doch ein allgemeines Gefallen zu erregen geschaffen sind. Eine leicht aufgebaute, nett gebildete Gestalt, eine reine, gesunde Natur und die daraus entspringende frohe Lebenstätigkeit, eine unbefangene Behandlung des täglich Notwendigen, das alles war ihr zusammen gegeben ... Lotte – denn so wird sie denn doch wohl heißen – war anspruchslos in doppeltem Sinne: erst ihrer Natur nach, die mehr auf ein allgemeines Wohlwollen als auf besondere Neigungen gerichtet war, und dann hatte sie sich ja für einen Mann bestimmt, der, ihrer wert, sein Schicksal an das ihrige fürs Leben zu knüpfen sich bereit erklären mochte. Die heiterste Luft wehte in ihrer Umgebung.

Wenn einen seligen Biedermann,
Pastorn oder Ratsherrn lobesan
Die Wittib läßt in Kupfer stechen
Und drunter ein Verslein radebrechen,
Da heißts:
Seht hier von Kopf und Ohren
Den Herrn ehrwürdig, wohlgeboren,
Seht seine Mienen und seine Stirn;
Aber sein verständig Gehirn,
So manch Verdienst ums gemeine Wesen,
Könnt ihr ihm nicht an der Nase lesen.

So, liebe Lotte, heißts auch hier:
Ich schicke da mein Bildnis dir!
Magst wohl die lange Nase sehn,
Der Augen Blick, der Locken Wehn;
's ist ohngefähr das garstge Gsicht,
Aber meine Liebe siehst du nicht.

LILI BELINDE

ANNA ELISABETH SCHÖNEMANN

1758–1817

›Dichtung und Wahrheit‹, Buch 17:
Hat man sich diese Lieder [»Herz, mein Herz, was soll das geben« und »Warum ziehst du mich unwiderstehlich«] aufmerksam vorgelesen, lieber noch mit Gefühl vorgesungen, so wird ein Hauch jener Fülle glücklicher Stunden gewiß vorüberwehen.

NEUE LIEBE NEUES LEBEN

Herz, mein Herz, was soll das geben?
Was bedränget dich so sehr?
Welch ein fremdes, neues Leben!
Ich erkenne dich nicht mehr!
Weg ist alles, was du liebtest,
Weg, worum du dich betrübtest,
Weg dein Fleiß und deine Ruh;
Ach, wie kamst du nur dazu?

Fesselt dich die Jugendblüte?
Diese liebliche Gestalt,
Dieser Blick voll Treu und Güte
Mit unendlicher Gewalt?
Will ich rasch mich ihr entziehen,
Mich ermannen, ihr entfliehen,
Führet mich im Augenblick,
Ach, mein Weg zu ihr zurück.

Und an diesem Zauberfädchen,
Das sich nicht zerreißen läßt,
Hält das liebe, lose Mädchen
Mich so wider Willen fest;
Muß in ihrem Zauberkreise
Leben nun auf ihre Weise.
Die Verändrung, ach, wie groß!
Liebe! liebe, laß mich los.

AN BELINDEN

Warum ziehst du mich unwiderstehlich,
Ach! in jene Pracht?
War ich guter Junge nicht so selig
In der öden Nacht?

Heimlich in mein Zimmerchen verschlossen,
Lag im Mondenschein,
Ganz von seinem Schauerlicht umflossen,
Und ich dämmert ein.

Träumte da von vollen goldnen Stunden
Ungemischter Lust!
Ahndungsvoll hatt ich dein Bild empfunden
Tief in meiner Brust.

Bin ichs noch, den du bei so viel Lichtern
An dem Spieltisch hältst?
Oft so unerträglichen Gesichtern
Gegenüber stellst?

Reizender ist mir des Frühlings Blüte
Nun nicht auf der Flur;
Wo du, Engel, bist, ist Lieb und Güte,
Wo du bist, Natur.

[Widmungsstrophe zu ›Erwin und Elmire. Ein Schauspiel mit Gesang‹.]

Den kleinen Strauß, den ich dir binde,
Pflückt ich aus diesem Herzen hier.
Nimm ihn gefällig auf, Belinde,
Der kleine Strauß, er ist von mir.

LILIS PARK

Ist doch keine Menagerie
So bunt als meiner Lili ihre!
Sie hat darin die wunderbarsten Tiere
Und kriegt sie 'rein, weiß selbst nicht wie.
O wie sie hüpfen, laufen, trappeln,
Mit abgestumpften Flügeln zappeln,
Die armen Prinzen allzumal,
In nie gelöschter Liebesqual!

»Wie hieß die Fee? – Lili?« Fragt nicht nach ihr;
Kennt ihr sie nicht, so danket Gott dafür.
Welch ein Geräusch! Welch ein Gegacker,
Wenn sie sich in die Türe stellt
Und in der Hand das Futterkörbchen hält,
Welch ein Gequiek, welch ein Gequacker!
Alle Bäume, alle Büsche
Scheinen lebendig zu werden,
So stürzen sich ganze Herden
Zu ihren Füßen. Sogar im Bassin die Fische

Patschen ungeduldig mit den Köpfen heraus.
Und sie streut dann das Futter aus
Mit einem Blick, Götter zu entzücken,
Geschweige die Bestien. Da gehts an ein Picken,
An ein Schlürfen, ein Hacken;
Sie stürzen einander über die Nacken,
Schieben sich, drängen sich, reißen sich,
Jagen sich, ängsten sich, beißen sich,
Und das um ein Stückchen Brot,
Das, trocken, aus den schönen Händen schmeckt,
Als hätt es in Ambrosia gesteckt.

Aber der Blick auch! der Ton!
Wenn sie ruft: Pipi, Pipi!
Zöge den Adler Jupiters vom Thron;
Der Venus Taubenpaar,
Ja der eitle Pfau sogar,
Ich schwöre, sie kämen,
Wenn sie den Ton von weiten nur vernähmen.
Denn so hat sie aus des Waldes Nacht
Einen Bären, ungeleckt und ungezogen,
Unter ihren Beschluß herein betrogen,
Unter die zahme Kompagnie gebracht
Und mit den andern zahm gemacht.
Bis auf einen gewissen Punkt, versteht sich!
Wie schön und ach! wie gut
Schien sie zu sein, ich hätte mein Blut
Gegeben, um ihre Beete zu begießen.

»Ihr sagtet: i c h! Wie? Wer?«
Gut denn, ihr Herrn, gradaus: I c h bin der Bär!
In einem Filetschurz gefangen,
An einem Seidenfaden ihr zu Füßen.
Doch wie das alles zugegangen,
Erzähl ich euch zur andren Zeit,
Dazu bin ich zu wütig heut.

Denn ha! steh ich so an der Ecke
Und hör von weiten das Geschnatter,
Seh das Geflitter, das Geflatter,
Kehr ich mich um
Und brumm,
Und renne rückwärts eine Strecke,
Und seh mich um
Und brumm,
Und laufe wieder eine Strecke,
Und kehr doch endlich wieder um.
Dann fängts auf einmal an zu rasen,
Ein mächtger Geist schnaubt aus der Nasen,
Es wildst die innere Natur.
Was du ein Tor! ein Häschen nur!
So ein Pipi! Eichhörnchen, Nuß zu knacken!
Ich sträube meinen borstgen Nacken,
Zu dienen ungewöhnt.
Ein jedes aufgestutztes Bäumchen höhnt
Mich an, ich flieh vom Boulingreen,
Vom niedlich glatt gemähten Grase.
Der Buchsbaum zieht mir eine Nase,

Ich flieh ins dunkelste Gebüsch dahin,
Durch die Hege zu dringen,
Über die Planken zu springen!
Mir versagt Klettern und Sprung,
Ein Zauber bleit mich nieder,
Ein Zauber häckelt mich wieder,
Ich arbeite mich ab, und bin ich matt genung,
Dann lieg ich an gekünstelten Kaskaden
Und käu und wein und wälze halb mich tot,
Und ach, es hören meine Not
Nur porzellanene Oreaden.

Auf einmal! Ach, es dringt
Ein seliges Gefühl durch alle meine Glieder!
Sie ists, die dort in ihrer Laube singt!
Ich hör die liebe, liebe Stimme wieder,
Die ganze Luft ist warm, ist blüte-voll.
Ach, singt sie wohl, daß ich sie hören soll?
Ich dringe zu, tret alle Sträuche nieder,
Die Büsche fliehn, die Bäume weichen mir,
Und so – zu ihren Füßen liegt das Tier.

Sie sieht es an: »Ein Ungeheuer! doch drollig!
Für einen Bären, hm, zu mild,
Für einen Pudel zu wild,
So zottig, täpsig, knollig!«
Sie streicht ihm mit dem Füßchen übern Rücken;
Er denkt im Paradiese zu sein.
Wie ihn alle sieben Sinnen jücken!
Und sie sieht ganz gelassen drein.

Ich küß ihre Schuhe, kau an den Sohlen,
So sittig, als ein Bär nur mag,
Ganz sachte heb ich mich und schmiege mich verstohlen,
Leis an ihr Knie; am günstgen Tag
Läßt sies geschehn und kraut mir um die Ohren
Und patscht mich mit mutwillig derbem Schlag;
Ich knurr, in Wonne neugeboren.
Dann fordert sie mit süßem, eitlem Spotte:
Allons tout doux! eh la menotte!
Et faites Serviteur,
Comme un joli Seigneur.
So treibt sies fort mit Spiel und Lachen,
Es hofft der oft betrogne Tor;
Doch will er sich ein bißchen unnütz machen,
Hält sie ihn kurz als wie zuvor.

Doch hat sie auch ein Fläschchen Balsam-Feuers,
Dem keiner Erde Honig gleicht,
Wovon sie wohl einmal, von Lieb und Treu erweicht,
Um die verlechzten Lippen ihres Ungeheuers
Ein Tröpfchen mit der Fingerspitze streicht
Und wieder flieht und mich mir überläßt,
Und ich dann, losgebunden, fest
Gebannt bin, immer nach ihr ziehe,
Sie suche, schaudre, wieder fliehe –
So läßt sie den zerstörten Armen gehen,
Ist seiner Lust, ist seinen Schmerzen still;
Ha! manchmal läßt sie mir die Tür halb offen stehen,
Seitblickt mich spottend an, ob ich nicht fliehen will.

Und ich! – Götter, ists in euren Händen,
Dieses dumpfe Zauberwerk zu enden,
Wie dank ich, wenn ihr mir die Freiheit schafft!
Doch, sendet ihr mir keine Hülfe nieder,
Nicht ganz umsonst reck ich so meine Glieder,
Ich fühls! Ich schwörs, noch hab ich Kraft!

VOM BERGE IN DIE SEE

Vid. das Privat-Archiv des Dichters Lit. L.

Wenn ich, liebe Lili, dich nicht liebte,
Welche Wonne gäb mir dieser Blick!
Und doch, wenn ich, Lili, dich nicht liebte,
Wär, was wär mein Glück?

[Auf dem Züricher See.]

Und frische Nahrung, neues Blut
Saug ich aus freier Welt;
Wie ist Natur so hold und gut,
Die mich am Busen hält!
Die Welle wieget unsern Kahn
Im Rudertakt hinauf,
Und Berge, Wolken angetan,
Entgegnen unserm Lauf.

Aug, mein Aug, was sinkst du nieder?
Goldne Träume, kommt ihr wieder?
Weg, du Traum, so Gold du bist,
Hier auch Lieb und Leben ist.
Auf der Welle blinken
Tausend schwebende Sterne,
Liebe Nebel trinken
Rings die türmende Ferne;
Morgenwind umflügelt
Die beschattete Bucht,
Und im See bespiegelt
Sich die reifende Frucht.

IM HERBST 1775

Fetter grüne, du Laub,
Das Rebengeländer
Hier mein Fenster herauf.
Gedrängter quillet,
Zwillingsbeeren, und reifet
Schneller und glänzend voller.
Euch brütet der Mutter Sonne
Scheideblick, euch umsäuselt
Des holden Himmels
Fruchtende Fülle,
Euch kühlet des Monds
Freundlicher Zauberhauch,
Und euch betauen, ach!
Aus diesen Augen
Der ewig belebenden Liebe
Vollschwellende Tränen.

Holde Lili, warst so lang
All mein Lust und all mein Sang;
Bist, ach, nun all mein Schmerz, und doch
All mein Sang bist du noch.

AN EIN GOLDNES HERZ, DAS ER AM HALSE TRUG

Angedenken du verklungner Freude,
Das ich immer noch am Halse trage,
Hältst du länger als das Seelenband uns beide?
Verlängerst du der Liebe kurze Tage?

Flieh ich, Lili, vor dir! Muß noch an deinem Bande
Durch fremde Lande,
Durch ferne Täler und Wälder wallen!
Ach, Lilis Herz konnte so bald nicht
Von meinem Herzen fallen.

Wie ein Vogel, der den Faden bricht
Und zum Walde kehrt,
Er schleppt des Gefängnisses Schmach,
Noch ein Stückchen des Fadens nach:
Er ist der alte freigeborne Vogel nicht,
Er hat schon jemand angehört.

JÄGERS NACHTLIED

Im Felde schleich ich still und wild,
Lausch mit dem Feuerrohr,
Da schwebt so licht dein liebes Bild,
Dein süßes Bild mir vor.

Du wandelst itzt wohl still und mild,
Durch Feld und liebes Tal,
Und ach, mein schnell verrauschend Bild,
Stellt sich dirs nicht einmal?

Des Menschen, der in aller Welt
Nie findet Ruh noch Rast;
Denn wie zu Hause, so im Feld
Sein Herze schwillt zur Last.

Mir ist es, denk ich nur an dich,
Als säh den Mond ich an;
Ein süßer Friede kommt auf mich,
Weiß nicht, wie mir getan.

AN LILI

[In ein Exemplar von ›Stella,
Ein Schauspiel für Liebende‹.]

Im holden Tal, auf schneebedeckten Höhen
War stets dein Bild mir nah:
Ich sahs um mich in lichten Wolken wehen,
Im Herzen war mirs da.
Empfinde hier, wie mit allmächtgem Triebe
Ein Herz das andre zieht –
Und daß vergebens Liebe
Vor Liebe flieht.

LIDA

CHARLOTTE ALBERTINE ERNESTINE VON STEIN,

GEB. VON SCHARDT

1742 – 1827

Goethe an Wieland, 1776 April:
Ich kann mir die Bedeutsamkeit - die Macht, die diese Frau über mich hat, anders nicht erklären als durch die Seelenwanderung. - Ja, wir waren einst Mann und Weib! - Nun wissen wir von uns - verhüllt, in Geisterduft. - Ich habe keinen Namen für uns - die Vergangenheit - die Zukunft - das All.

Goethe an Karl Ernst Schubarth, 1818 April 2:
So hat mich Delbrück aufmerksam gemacht, daß meine kleinen, wenigen Gedichte an Lida die zartesten unter allen seien. Das hatte ich nie gedacht, noch viel weniger gewußt, und es ist wahr! es macht mir jetzt Vergnügen es zu denken und anzuerkennen.

Warum gabst du uns die tiefen Blicke,
Unsre Zukunft ahndungsvoll zu schaun,
Unsrer Liebe, unserm Erdenglücke
Wähnend selig nimmer hinzutraun?
Warum gabst uns, Schicksal, die Gefühle,
Uns einander in das Herz zu sehn,
Um durch all die seltenen Gewühle
Unser wahr Verhältnis auszuspähn?

Ach, so viele tausend Menschen kennen,
Dumpf sich treibend, kaum ihr eigen Herz,
Schweben zwecklos hin und her und rennen
Hoffnungslos in unversehnen Schmerz;
Jauchzen wieder, wenn der schnellen Freuden
Unerwart'te Morgenröte tagt.
Nur uns armen Liebevollen beiden
Ist das wechselseitige Glück versagt,
Uns zu lieben, ohn uns zu verstehen,
In dem andern sehn, was er nie war,
Immer frisch auf Traumglück auszugehen
Und zu schwanken auch in Traumgefahr.

Glücklich, den ein leerer Traum beschäftigt!
Glücklich, dem die Ahndung eitel wär!
Jede Gegenwart und jeder Blick bekräftigt
Traum und Ahndung leider uns noch mehr.
Sag, was will das Schicksal uns bereiten?
Sag, wie band es uns so rein genau?

Ach, du warst in abgelebten Zeiten
Meine Schwester oder meine Frau.

Kanntest jeden Zug in meinem Wesen,
Spähtest, wie die reinste Nerve klingt,
Konntest mich mit Einem Blicke lesen,
Den so schwer ein sterblich Aug durchdringt;
Tropftest Mäßigung dem heißen Blute,
Richtetest den wilden irren Lauf,
Und in deinen Engelsarmen ruhte
Die zerstörte Brust sich wieder auf;
Hieltest zauberleicht ihn angebunden
Und vergaukeltest ihm manchen Tag.
Welche Seligkeit glich jenen Wonnestunden,
Da er dankbar dir zu Füßen lag,
Fühlt sein Herz an deinem Herzen schwellen,
Fühlte sich in deinem Auge gut,
Alle seine Sinnen sich erhellen
Und beruhigen sein brausend Blut!

Und von allem dem schwebt ein Erinnern
Nur noch um das ungewisse Herz,
Fühlt die alte Wahrheit ewig gleich im Innern,
Und der neue Zustand wird ihm Schmerz.
Und wir scheinen uns nur halb beseelet,
Dämmernd ist um uns der hellste Tag.
Glücklich, daß das Schicksal, das uns quälet,
Uns doch nicht verändern mag!

Dem Schnee, dem Regen,
Dem Wind entgegen,
Im Dampf der Klüfte,
Wolken-Nebeldüfte,
Immerzu! Immerzu!
Ohne Rast und Ruh!

Lieber durch Leiden
Möcht ich mich schlagen,
Als alle die Freuden
Des Lebens zu tragen.
Alle das Neigen
Von Herzen zu Herzen,
Ach, wie so eigen,
Schaffet das Schmerzen!

Wie soll ich fliehen?
Wälderwärts ziehen?
Alles vergebens!
Leitstern des Lebens,
Glück ohne Ruh,
Liebe, bist du!

Hier bildend nach der reinen stillen
Natur, ist ach, mein Herz der alten Schmerzen voll;
Leb ich doch stets um derentwillen,
Um derentwillen ich nicht leben soll.

Und ich geh meinen alten Gang
Meine liebe Wiese lang;
Tauche mich in die Sonne früh,
Bad ab im Monde des Tages Müh;
Leb in Liebes-Klarheit und -Kraft,
Tut mir wohl des Herren Nachbarschaft,
Der in Liebes-Dumpfheit und -Kraft hinlebt
Und sich durch seltnes Wesen webt.

Zwischen Felsen wuchsen hier
Diese Blumen, die wir treu dir reichen,
Verwelkliche Zeichen
Der ewigen Liebe zu dir.

Ach, so drückt mein Schicksal mich,
Daß ich nach dem Unmöglichen strebe.
Lieber Engel, für den ich nicht lebe,
Zwischen den Gebürgen leb ich für dich.

Ach, wie bist du mir,
Wie bin ich dir geblieben!
Nein, an der Wahrheit
Verzweifl ich nicht mehr.
Ach, wenn du da bist,
Fühl ich, ich soll dich nicht lieben;
Ach, wenn du fern bist,
Fühl ich, ich lieb dich so sehr.

Hierhergetrabt, die Brust voll tiefem Wühlen
Planvoller Aussicht, sehnt sich nun
Mein Herz, ein Weilchen auszuruhn
Und wieder rein an der Natur zu fühlen
Und wieder was für dich zu tun.

Ich bin eben nirgend geborgen:
Fern an die holde Saale hier
Verfolgen mich manche Sorgen
Und meine Liebe zu dir.

AN DEN GEIST DES JOHANNES SECUNDUS

Lieber, heiliger, großer Küsser,
Der du mirs in lechzend atmender
Glückseligkeit fast vorgetan hast!
Wem soll ichs klagen, klagt ich dirs nicht!
Dir, dessen Lieder wie ein warmes Kissen
Heilender Kräuter mir unters Herz sich legten,
Daß es wieder aus dem krampfigen Starren
Erdetreibens klopfend sich erholte.
Ach, wie klag ich dirs, daß meine Lippe blutet,
Mir gespalten ist und erbärmlich schmerzet,
Meine Lippe, die so viel gewohnt ist
Von der Liebe süßtem Glück zu schwellen
Und, wie eine goldne Himmelspforte,
Lallende Seligkeit aus und ein zu stammeln.
Gesprungen ist sie! Nicht vom Biß der Holden,
Die, in voller ringsumfangender Liebe,
Mehr möcht haben von mir und möchte mich Ganzen
Ganz erküssen und fressen, und was sie könnte!
Nicht gesprungen, weil nach ihrem Hauche
Meine Lippen unheilige Lüfte entweihten.
Ach, gesprungen, weil mich, Öden, Kalten,
Über beizenden Reif der Herbstwind anpackt.
Und da ist Traubensaft und der Saft der Bienen,
An meines Herdes treuem Feuer vereinigt,
Der soll mir helfen! Wahrlich, er hilft nicht,
Denn von der Liebe alles heilendem
Gift-Balsam ist kein Tröpfchen drunter.

Was mir in Kopf und Herzen stritt
Seit manchen lieben Jahren,
Was ich da träumend jauchzt und litt,
Muß wachend nun erfahren.

AN DEN MOND

Füllest wieder 's liebe Tal
Still mit Nebelglanz,
Lösest endlich auch einmal
Meine Seele ganz;

Breitest über mein Gefild
Lindernd deinen Blick,
Wie der Liebsten Auge, mild
Über mein Geschick.

Das du so beweglich kennst,
Dieses Herz im Brand,
Haltet ihr wie ein Gespenst
An den Fluß gebannt,

Wenn in öder Winternacht
Er vom Tode schwillt
Und bei Frühlingslebens Pracht
An den Knospen quillt.

Selig, wer sich vor der Welt
Ohne Haß verschließt,
Einen Mann am Busen hält
Und mit dem genießt,

Was, dem Menschen unbewußt
Oder wohl veracht,
Durch das Labyrinth der Brust
Wandelt in der Nacht.

MIT EINER HYAZINTHE

Aus dem Zaubertal dortnieden,
Das der Regen still umtrübt,
Aus dem Taumel der Gewässer
Sendet Blume, Gruß und Frieden,
Der dich immer treu und besser,
Als du glauben magst, geliebt.

Diese Blume, die ich pflücke,
Neben mir vom Tau genährt,
Läßt die Mutter still zurücke,
Die sich in sich selbst vermehrt.
Lang entblättert und verborgen,
Mit den Kindern an der Brust,
Wird am neuen Frühlingsmorgen
Vielfach sie des Gärtners Lust.

Wie einst Titania im Traum- und Zauberland
Claus Zetteln in dem Schoße fand,
Sollst du erwachend bald für alle deine Sünden
Titanien in deinen Armen finden.

Du machst die Alten jung, die Jungen alt,
Die Kalten warm, die Warmen kalt,
Bist ernst im Scherz, der Ernst macht dich zu lachen.
Dir gab aufs menschliche Geschlecht
Ein süßer Gott ein längst bewährtes Recht,
Aus Weh ihr Wohl, aus Wohl ihr Weh zu machen.

Deine Grüße hab ich wohl erhalten.
Liebe lebt jetzt in tausend Gestalten,
Gibt der Blume Farb und Duft,
Jeden Morgen durchzieht sie die Luft,
Tag und Nacht spielt sie auf Wiesen, in Hainen,
Mir will sie oft zu herrlich erscheinen;
Neues bringt sie täglich hervor,
Leben summt uns die Biene ins Ohr.
Bleib, ruf ich oft, Frühling! man küsset dich kaum,
Engel, so fliehst du wie ein schwankender Traum;
Immer wollen wir dich ehren und schätzen,
So uns an dir wie am Himmel ergötzen.

Zum Tanze schick ich dir den Strauß
Mit himmelfarbnem Band,
Und siehst du andern freundlich aus,
Reichst andren deine Hand,
So denk auch an ein einsam Haus
Und an ein schöner Band.

Sag ichs euch, geliebte Bäume?
Die ich ahndevoll gepflanzt,
Als die wunderbarsten Träume
Morgenrötlich mich umtanzt.

Ach, ihr wißt es, wie ich liebe,
Die so schön mich wiederliebt,
Die den reinsten meiner Triebe
Mir noch reiner wiedergibt.

Wachset wie aus meinem Herzen,
Treibet in die Luft hinein,
Denn ich grub viel Freud und Schmerzen
Unter eure Wurzeln ein.
Bringet Schatten, traget Früchte,
Neue Freude jeden Tag;
Nur daß ich sie dichte, dichte,
Dicht bei ihr genießen mag.

Eine schädliche Frucht reicht' unsere Mutter dem Gatten,
Und vom törigen Biß kränkelt das ganze Geschlecht
Von dem heiligen Leib, der Seelen speiset und heilet,
Kostest du, Lydia, fromm, liebliches büßendes Kind;
Darum send ich dir schnell die Früchte voll irdischer Süße,
Daß der Himmel dich nicht deinem Geliebten entzieh.

Euch bedaur ich, unglückselge Sterne,
Die ihr schön seid und so herrlich scheinet,
Dem bedrängten Schiffer gerne leuchtet,
Unbelohnt von Göttern und von Menschen,
Denn ihr liebt nicht, kanntet nie die Liebe.
Unaufhaltsam führen ewge Stunden
Eure Reihen durch den weiten Himmel;
Welche Reise habt ihr schon vollendet,
Seit ich, bleibend in dem Arm der Liebsten,
Eurer und der Mitternacht vergessen!

Einen wohlgeschnitzten Becher
Hielt ich drückend in den beiden Händen,
Sog begierig süßen Wein vom Rande.
Amor trat herein und fand mich sitzen,
Und er lächelte bescheiden-weise,

Als den Unverständigen bedauernd:
»Freund, ich kenn ein schöneres Gefäße,
Wert, die ganze Seele drein zu senken;
Was gelobst du, wenn ich dir es gönne,
Es mit anderm Nektar dir erfülle?«
O wie freundlich hat er Wort gehalten,
Da er, Lida, dich mit sanfter Leitung
Mir, dem lange Sehnenden, geeignet.
Wenn ich deine lieben Hüften halte
Und von deinen einzig treuen Lippen
Langbewahrter Liebe Balsam koste,
Selig sprech ich dann zu meinem Geiste:
Nein, ein solch Gefäß hat außer Amorn
Nie ein Gott gebildet, noch besessen!
Solche Formen treibet nicht Vulkanus
Mit den sinnbegabten, feinen Hämmern;
Auf belaubten Hügeln mag Lyäus
Durch die ältsten, klügsten seiner Faunen
Ausgesuchte Trauben keltern lassen,
Selbst geheimnisvoller Gärung vorstehn,
Solchen Trank verschafft ihm keine Sorgfalt.

Den Einzigen, Lotte, welchen du lieben kannst,
Foderst du ganz für dich, und mit Recht.
Auch ist er einzig dein. Denn seit ich von dir bin,
Scheint mir des schnellsten Lebens lärmende Bewegung
Nur ein leichter Flor, durch den ich deine Gestalt
Immerfort wie in Wolken erblicke,
Sie leuchtet mir freundlich und treu,
Wie durch des Nordlichts bewegliche Strahlen
Ewige Sterne schimmern.

Königen, sagt man, hat die Natur vor andern Gebornen
Zu des Reiches Heil längere Arme verliehn.
Doch auch mir Geringen gab sie das fürstliche Vorrecht,
Denn ich fasse von fern und halte dich, Psyche, mir fest.

Arm an Geiste kommt heut spät dein Geliebter vor dich;
Arm an Liebe kommt er weder frühe noch spät.

Frage nicht nach mir, und was ich im Herzen verwahre!
Ewige Stille geziemt ohne Gelübde dem Mann.
Was ich zu sagen vermöchte, ist jetzo schon kein Geheimnis:
Nur diesen Namen verdient, was sich mir selber verbirgt.

ERKANNTES GLÜCK

Was die gute Natur weislich nur vielen verteilet,
Gab sie mit reichlicher Hand alles der Einzigen, ihr.
Und die so herrlich Begabte, die von so vielen Verehrte
Gab ein liebend Geschick freundlich dem Glücklichen, mir.

ERWÄHLTER FELS

Hier gedachte still ein Liebender seiner Geliebten;
Heiter sprach er zu mir: Werde mir Zeuge, du Stein!
Doch erhebe dich nicht, du hast noch viele Gesellen;
Jedem Felsen der Flur, die mich, den Glücklichen, nährt,
Jedem Baume des Walds, um den ich wandernd mich schlinge,
Ruf ich weihend und froh: bleibe mir Denkmal des Glücks!
Dir allein verleih ich die Stimme, wie unter der Menge
Einen die Muse sich wählt, freundlich die Lippen ihm küßt.

Von mehr als Einer Seite verwaist,
Klag ich um deinen Abschied hier;
Nicht allein meine Liebe verreist,
Meine Tugend verreist mit dir.

Denn ach, bald wird in dumpfes Unbehagen
Die schönste Stimmung umgewandt,
Die Leidenschaft heißt mich an frischen Tagen
Nach dem und jenem Gute jagen,
Und denk ich es recht sicher heim zu tragen,
Spielt mirs der Leichtsinn aus der Hand.
Bald reizt mich die Gefahr, ein Abenteur zu wagen,
Ich stürze mich hinein und halte mutig stand;
Doch seitwärts fährt die Lust auf ihrem Taubenwagen,
Die Luft wird balsamreich, mein Herz gerät in Brand;

Mein Schutzgeist, eil, es ihr zu sagen,
Durchstreiche schnell das ferne Land.
Sie soll nicht schelten, soll den Freund beklagen;
Und bitte sie zu Lindrung meiner Plagen
Um das geheimnisvolle Band;

Sie trägts, und oft hat mirs ihr Blick versprochen pp.

Bin so in Lieb zu ihr versunken,
Als hätt ich von ihrem Blut getrunken.

Was ich leugnend gestehe und offenbarend verberge,
Ist mir das einzige Wohl, bleibt mir ein reichlicher Schatz.
Ich vertrau es dem Felsen, damit der Einsame rate,
Was in der Einsamkeit mich, was in der Welt mich beglückt.

Felsen sollten nicht Felsen und Wüsten Wüsten nicht bleiben,
Drum stieg Amor herab, sieh, und es lebte die Welt.
Auch belebt er mir die Höhle mit himmlischem Lichte,
Zwar der Hoffnung nur, doch ward die Hoffnung erfüllt.

Gewiß, ich wäre schon so ferne, ferne,
Soweit die Welt nur offen liegt, gegangen,
Bezwängen mich nicht übermächtge Sterne,
Die mein Geschick an deines angehangen,
Daß ich in dir nun erst mich kennen lerne.
Mein Dichten, Trachten, Hoffen und Verlangen
Allein nach dir und deinem Wesen drängt,
Mein Leben nur an deinem Leben hängt.

Denn was der Mensch in seinen Erdeschranken
Von hohem Glück mit Götternamen nennt:
Die Harmonie der Treue, die kein Wanken,
Der Freundschaft, die nicht einen Zweifel kennt,
Das Licht, das Weisen nur zu einsamen Gedanken,
Das Dichtern nur in schönen Bildern brennt –
Das hat ich all, in meinen besten Stunden,
In Ihr entdeckt und es für mich gefunden.

[Nach Johann Valentin Andreae.]

Woher sind wir geboren?
Aus Lieb.
Wie wären wir verloren?
Ohn Lieb.
Was hilft uns überwinden?
Die Lieb.
Kann man auch Liebe finden?
Durch Lieb.
Was läßt nicht lange weinen?
Die Lieb.
Was soll uns stets vereinen?
Die Lieb.

Daß du zugleich mit dem Heilgen Christ
An diesem Tage geboren bist,
Und August auch, der werte schlanke,
Dafür ich Gott im Herzen danke,

Dies gibt in tiefer Winterszeit
Erwünschteste Gelegenheit,
Mit einigem Zucker dich zu grüßen,
Abwesenheit mir zu versüßen,
Der ich, wie sonst, in Sonnenferne
Im stillen liebe, leide, lerne.

ZWISCHEN BEIDEN WELTEN

Einer Einzigen angehören,
Einen Einzigen verehren,
Wie vereint es Herz und Sinn!
Lida! Glück der nächsten Nähe,
William! Stern der schönsten Höhe,
Euch verdank ich, was ich bin.
Tag und Jahre sind verschwunden,
Und doch ruht auf jenen Stunden
Meines Wertes Vollgewinn.

FAUSTINA

FAUSTINA ANNUNTIATA LUCIA ANTONINI,

GEB. DI GIOVANNI

1764 – . . . .

[Die sogenannten »Römischen Elegien«, die wahrscheinlich zum größten Teil nach der Rückkehr aus Italien, in der Zeit vom Herbst 1788 bis Herbst 1790 entstanden sind, zeigen die Gestalt der römischen Geliebten Faustina so innig verschmolzen mit der Gestalt Christianens, daß eine klare Scheidung der an jene von den an diese gerichteten Elegien unmöglich ist; sie sind deshalb alle unter die auf Christiane bezüglichen Gedichte gestellt worden.]

Noch ist Italien, wie ichs verließ, noch stäuben die Wege,
Noch ist der Fremde geprellt, stell er sich, wie er auch will.
Deutsche Rechtlichkeit suchst du in allen Winkeln vergebens,
Leben und Weben ist hier, aber nicht Ordnung und Zucht;
Jeder sorgt nur für sich, ist eitel, mißtrauet dem andern,
Und die Meister des Staats sorgen nur wieder für sich.
Schön ist das Land! doch ach! Faustinen find ich nicht wieder.
Das ist Italien nicht mehr, das ich mit Schmerzen verließ.

DIE SCHÖNE MAILÄNDERIN

MADDALENA RIGGI

1765 – 1825

›Italienische Reise‹, [Rom, 23.] Oktober [1787]:
Eine Mailänderin interessierte mich die acht Tage ihres Bleibens [in Castello Gandolfo], sie zeichnete sich durch ihre Natürlichkeit, ihren Gemeinsinn, ihre gute Art sehr vorteilhaft vor den Römerinnen aus.

›Italienische Reise‹, Bericht: Oktober [1787]:
Diese beiden Schönen [eine »gar hübsche römische Nachbarin« und eine »junge Mailänderin« in Castello Gandolfo], denn schön durfte man sie wirklich nennen, standen in einem nicht schroffen, aber doch entschiedenen Gegensatz: dunkelbraune Haare die Römerin, hellbraune die Mailänderin; jene braun von Gesichtsfarbe, diese klar, von zarter Haut; diese zugleich mit fast blauen Augen, jene mit braunen; die Römerin einigermaßen ernst, zurückhaltend, die Mailänderin von einem offnen, nicht sowohl ansprechenden, als gleichsam anfragenden Wesen.

AMOR ALS LANDSCHAFTSMALER

Saß ich früh auf einer Felsenspitze,
Sah mit starren Augen in den Nebel;
Wie grau grundiertes Tuch gespannet,
Deckt' er alles in die Breit und Höhe.

Stellt' ein Knabe sich mir an die Seite,
Sagte: Lieber Freund, wie magst du starrend
Auf das leere Tuch gelassen schauen?
Hast du denn zum Malen und zum Bilden
Alle Lust auf ewig wohl verloren?

Sah ich an das Kind und dachte heimlich:
Will das Bübchen doch den Meister machen!

Willst du immer trüb und müßig bleiben,
Sprach der Knabe, kann nichts Kluges werden;
Sieh, ich will dir gleich ein Bildchen malen,
Dich ein hübsches Bildchen malen lehren.

Und er richtete den Zeigefinger,
Der so rötlich war wie eine Rose,
Nach dem weiten ausgespannten Teppich,
Fing mit seinem Finger an zu zeichnen:

Oben malt' er eine schöne Sonne,
Die mir in die Augen mächtig glänzte,
Und den Saum der Wolken macht' er golden,

Ließ die Strahlen durch die Wolken dringen;
Malte dann die zarten leichten Wipfel
Frisch erquickter Bäume, zog die Hügel,
Einen nach dem andern, frei dahinter;
Unten ließ ers nicht an Wasser fehlen,
Zeichnete den Fluß so ganz natürlich,
Daß er schien im Sonnenstrahl zu glitzern,
Daß er schien am hohen Rand zu rauschen.

Ach, da standen Blumen an dem Flusse,
Und da waren Farben auf der Wiese,
Gold und Schmelz und Purpur und ein Grünes,
Alles wie Smaragd und wie Karfunkel!

Hell und rein lasiert' er drauf den Himmel
Und die blauen Berge fern und ferner,
Daß ich, ganz entzückt und neugeboren,
Bald den Maler, bald das Bild beschaute.

Hab ich doch, so sagt' er, dir bewiesen,
Daß ich dieses Handwerk gut verstehe;
Doch es ist das Schwerste noch zurücke.

Zeichnete darnach mit spitzem Finger
Und mit großer Sorgfalt an dem Wäldchen,
Grad ans Ende, wo die Sonne kräftig
Von dem hellen Boden widerglänzte,
Zeichnete das allerliebste Mädchen,
Wohlgebildet, zierlich angekleidet,

Frische Wangen unter braunen Haaren,
Und die Wangen waren von der Farbe
Wie das Fingerchen, das sie gebildet.

O du Knabe! rief ich, welch ein Meister
Hat in seine Schule dich genommen,
Daß du so geschwind und so natürlich
Alles klug beginnst und gut vollendest?

Da ich noch so rede, sieh, da rühret
Sich ein Windchen und bewegt die Gipfel,
Kräuselt alle Wellen auf dem Flusse,
Füllt den Schleier des vollkommnen Mädchens,
Und, was mich Erstaunten mehr erstaunte,
Fängt das Mädchen an, den Fuß zu rühren,
Geht zu kommen, nähert sich dem Orte,
Wo ich mit dem losen Lehrer sitze.

Da nun alles, alles sich bewegte,
Bäume, Fluß und Blumen und der Schleier
Und der zarte Fuß der Allerschönsten,
Glaubt ihr wohl, ich sei auf meinem Felsen
Wie ein Felsen still und fest geblieben?

Cupido, loser, eigensinniger Knabe!
Du batst mich um Quartier auf einige Stunden.
Wie viele Tag' und Nächte bist du geblieben!
Und bist nun herrisch und Meister im Hause geworden!

Von meinem breiten Lager bin ich vertrieben;
Nun sitz ich an der Erde, Nächte gequälet;
Dein Mutwill schüret Flamm auf Flamme des Herdes,
Verbrennet den Vorrat des Winters und senget mich Armen.

Du hast mir mein Geräte verstellt und verschoben;
Ich such und bin wie blind und irre geworden.
Du lärmst so ungeschickt; ich fürchte, das Seelchen
Entflieht, um dir zu entfliehn, und räumet die Hütte.

CHRISTIANE

JOHANNA CHRISTIANE SOPHIE VULPIUS

1764–1816

Ich habe geliebet, nun lieb ich erst recht!
Erst war ich der Diener, nun bin ich der Knecht.
Erst war ich der Diener von allen;
Nun fesselt mich diese scharmante Person,
Sie tut mir auch alles zur Liebe, zum Lohn,
Sie kann nur allein mir gefallen.
(›Gewohnt, getan‹, Strophe 1.)

Gott hab ich und die Kleine
Im Lied erhalten reine.

DER BESUCH

Meine Liebste wollt ich heut beschleichen,
Aber ihre Türe war verschlossen.
Hab ich doch den Schlüssel in der Tasche!
Öffn ich leise die geliebte Türe!

Auf dem Saale fand ich nicht das Mädchen,
Fand das Mädchen nicht in ihrer Stube;
Endlich, da ich leis die Kammer öffne,
Find ich sie, gar zierlich eingeschlafen,
Angekleidet auf dem Bette liegen.

Bei der Arbeit war sie eingeschlafen,
Das Gestrickte mit den Nadeln ruhte
Zwischen den gefaltnen zarten Händen.
Und ich setzte mich an ihre Seite,
Ging bei mir zu Rat, ob ich sie weckte?

Da betrachtet ich den schönen Frieden,
Der auf ihren Augenlidern ruhte;
Auf den Lippen war die stille Treue,
Auf den Wangen Lieblichkeit zu Hause,
Und die Unschuld eines guten Herzens
Regte sich im Busen hin und wider.
Jedes ihrer Glieder lag gefällig,
Aufgelöst von süßem Götterbalsam.

Freudig saß ich da, und die Betrachtung
Hielte die Begierde, sie zu wecken,
Mit geheimen Banden fest und fester.

O du Liebe, dacht ich, kann der Schlummer,
Der Verräter jedes falschen Zuges,
Kann er dir nicht schaden, nichts entdecken,
Was des Freundes zarte Meinung störte?

Deine holden Augen sind geschlossen,
Die mich offen schon allein bezaubern;
Es bewegen deine süßen Lippen
Weder sich zur Rede, noch zum Kusse;
Aufgelöst sind diese Zauberbande
Deiner Arme, die mich sonst umschlingen,
Und die Hand, die reizende Gefährtin
Süßer Schmeicheleien, unbeweglich.
Wärs ein Irrtum, wie ich von dir denke,
Wär es Selbstbetrug, wie ich dich liebe,
Müßt ichs itzt entdecken, da sich Amor
Ohne Binde neben mich gestellet.

Lange saß ich so und freute herzlich
Ihres Wertes mich und meiner Liebe;
Schlafend hatte sie mir so gefallen,
Daß ich mich nicht traute, sie zu wecken.

Leise leg ich ihr zwei Pomeranzen
Und zwei Rosen auf das Tischchen nieder;
Sachte, sachte schleich ich meiner Wege.

Öffnet sie die Augen, meine Gute,
Gleich erblickt sie diese bunte Gabe,
Staunt, wie immer bei verschloßnen Türen
Dieses freundliche Geschenk sich finde.

Seh ich diese Nacht den Engel wieder,
O! wie freut sie sich, vergilt mir doppelt
Dieses Opfer meiner zarten Liebe.

MORGENKLAGEN

O du loses, leidigliebes Mädchen,
Sag mir an: womit hab ichs verschuldet,
Daß du mich auf diese Folter spannest,
Daß du dein gegeben Wort gebrochen?

Drucktest doch so freundlich gestern abend
Mir die Hände, lispeltest so lieblich:
Ja, ich komme, komme gegen Morgen
Ganz gewiß, mein Freund, auf deine Stube.

Angelehnet ließ ich meine Türe,
Hatte wohl die Angeln erst geprüfet
Und mich recht gefreut, daß sie nicht knarrten.

Welche Nacht des Wartens ist vergangen!
Wacht ich doch und zählte jedes Viertel:
Schlief ich ein auf wenig Augenblicke,
War mein Herz beständig wach geblieben,
Weckte mich von meinem leisen Schlummer.

Ja, da segnet ich die Finsternisse,
Die so ruhig alles überdeckten,
Freute mich der allgemeinen Stille,
Horchte lauschend immer in die Stille,
Ob sich nicht ein Laut bewegen möchte.

»Hätte sie Gedanken, wie ich denke,
Hätte sie Gefühl, wie ich empfinde,
Würde sie den Morgen nicht erwarten,
Würde schon in dieser Stunde kommen.«

Hüpft' ein Kätzchen oben übern Boden,
Knisterte das Mäuschen in der Ecke,
Regte sich, ich weiß nicht was, im Hause,
Immer hofft ich, deinen Schritt zu hören,
Immer glaubt ich, deinen Tritt zu hören.

Und so lag ich lang und immer länger,
Und es fing der Tag schon an zu grauen,
Und es rauschte hier und und rauschte dorten.

»Ist es ihre Türe? Wärs die meine!«
Daß ich aufgestemmt in meinem Bette,

Schaute nach der halberhellten Türe,
Ob sie nicht sich wohl bewegen möchte.
Angelehnet blieben beide Flügel
Auf den leisen Angeln ruhig hangen.

Und der Tag ward immer hell- und heller;
Hört ich schon des Nachbars Türe gehen,
Der das Taglohn zu gewinnen eilet,
Hört ich bald darauf die Wagen rasseln,
War das Tor der Stadt nun auch eröffnet,
Und es regte sich der ganze Plunder
Des bewegten Marktes durcheinander.

Ward nun in dem Haus ein Gehn und Kommen
Auf und ab die Stiegen, hin und wider
Knarrten Türen, klapperten die Tritte;
Und ich konnte, wie vom schönen Leben,
Mich noch nicht von meiner Hoffnung scheiden.

Endlich, als die ganz verhaßte Sonne
Meine Fenster traf und meine Wände,
Sprang ich auf und eilte nach dem Garten,
Meinen heißen, sehnsuchtsvollen Atem
Mit der kühlen Morgenluft zu mischen,
Dir vielleicht im Garten zu begegnen:
Und nun bist du weder in der Laube,
Noch im hohen Lindengang zu finden.

Liebesqual verschmäht mein Herz,
Sanften Jammer, süßen Schmerz;
Nur vom Tüchtgen will ich wissen,
Heißem Äuglen, derben Küssen.
Sei ein armer Hund erfrischt
Von der Lust, mit Pein gemischt!
Mädchen, gib der frischen Brust
Nichts von Pein und alle Lust.

Laß dich, Geliebte, nicht reun, daß du so schnell dich ergeben,
Glaub es, ich denke nicht frech, denke nicht niedrig von dir.
Vielfach wirken die Pfeile des Amors, denn einige ritzen,
Und vom schleichenden Gift kranket auf Jahre das Herz;
Aber mächtig befiedert, mit frisch geschliffener Schärfe
Dringen die andern ins Mark, zünden auf einmal uns an.
In der heroischen Zeit, da Götter und Göttinnen liebten,
Folgte Begierde dem Blick, folgte Genuß der Begier:
Glaubst du, es habe sich lange die Göttin der Liebe besonnen,
Als im Idäischen Hain einst ihr Anchises gefiel?
Hätte Luna gesäumt, den schönen Schläfer zu küssen,
O, so hätt ihn geschwind, neidend, Aurora geweckt.
Hero erblickte Leandern beim lauten Fest, und behende
Stürzte der Liebende sich heiß in die nächtliche Flut.
Rhea Silvia wandelt, die fürstliche Jungfrau, der Tiber
Wasser zu schöpfen, hinab, und sie ergreifet der Gott.

So erzeugte sich Mars zwei Söhne! – die Zwillinge tränket
  Eine Wölfin, und Rom nennt sich die Fürstin der Welt.

Fromm sind wir Liebende, still verehren wir alle Dämonen,
  Wünschen uns jeglichen Gott, jegliche Göttin geneigt,
Und so gleichen wir euch, o römische Sieger! Den Göttern
  Aller Völker der Welt bietet ihr Wohnungen an.
Habe sie schwarz und streng aus altem Granit der Ägypter,
  Oder ein Grieche sie weiß, reizend, aus Marmor, geformt.
Doch verdrießet es nicht die Ewigen, wenn wir besonders
  Weihrauch köstlicher Art Einer der Göttlichen streun.
Ja, wir bekennen euch gern: es bleiben unsre Gebete,
  Unser täglicher Dienst Einer besonders geweiht.
Schalkhaft, munter und ernst begehen wir heimliche Feste,
  Und das Schweigen geziemt allen Geweihten genau.
Eher lockten wir selbst an die Fersen, durch gräßliche Taten,
  Uns die Erinnyen her, wagten es eher, des Zeus
Hartes Gericht an rollenden Rädern und Felsen zu dulden,
  Als dem reizenden Dienst unser Gemüt zu entziehn.
Diese Göttin, sie heißt Gelegenheit! lernet sie kennen,
  Sie erscheinet euch oft, immer in andrer Gestalt.
Tochter des Proteus möchte sie sein, mit Thetis gezeuget,
  Deren verwandelte List manchen Heroen betrog.
So betrügt nun die Tochter den Unerfahrnen, den Blöden:
  Schlummernde necket sie stets, Wachende fliegt sie vorbei;
Gern ergibt sie sich nur dem raschen, tätigen Manne;
  Dieser findet sie zahm, spielend und zärtlich und hold.

Einst erschien sie auch mir, ein bräunliches Mädchen, die Haare
Fielen ihr dunkel und reich über die Stirne herab,
Kurze Locken ringelten sich ums zierliche Hälschen,
Ungeflochtenes Haar krauste vom Scheitel sich auf.
Und ich verkannte sie nicht, ergriff die Eilende, lieblich
Gab sie Umarmung und Kuß bald mir gelehrig zurück.
O wie war ich beglückt! – Doch stille, die Zeit ist vorüber,
Und umwunden bin ich, römische Flechten, von euch.

Froh empfind ich mich nun auf klassischem Boden begeistert,
Lauter und reizender spricht Vor- und Mitwelt zu mir.
Ich befolge den Rat, durchblättre die Werke der Alten
Mit geschäftiger Hand, täglich mit neuem Genuß.
Aber die Nächte hindurch hält Amor mich anders beschäftigt;
Werd ich auch halb nur gelehrt, bin ich doch doppelt vergnügt.
Und belehr ich mich nicht? wenn ich des lieblichen Busens
Formen spähe, die Hand leite die Hüften hinab.
Dann versteh ich erst recht den Marmor, ich denk und vergleiche,
Sehe mit fühlendem Aug, fühle mit sehender Hand.
Raubt die Liebste denn gleich mir einige Stunden des Tages,
Gibt sie Stunden der Nacht mir zur Entschädigung hin.
Wird doch nicht immer geküßt, es wird vernünftig gesprochen;
Überfällt sie der Schlaf, lieg ich und denke mir viel.
Oftmals hab ich auch schon in ihren Armen gedichtet
Und des Hexameters Maß leise mit fingernder Hand
Ihr auf den Rücken gezählt; sie atmet in lieblichem Schlummer,
Und es durchglühet ihr Hauch mir bis ins Tiefste die Brust.

Amor schüret indes die Lampe und denket der Zeiten,
Da er den nämlichen Dienst seinen Triumvirn getan.

»Kannst du, o Grausamer! mich in solchen Worten betrüben?
Reden so bitter und hart liebende Männer bei euch?
Wenn das Volk mich verklagt, ich muß es dulden, und bin ich
Etwa nicht schuldig? Doch ach! schuldig nur bin ich mit dir!
Diese Kleider, sie sind der neidischen Nachbarin Zeugen,
Daß die Witwe nicht mehr einsam den Gatten beweint.
Bist du unvorsichtig nicht oft bei Mondschein gekommen?
Grau, im dunkeln Surtout, hinten gerundet das Haar?
Hast du dir scherzend nicht selbst die geistliche Maske gewählet?
Solls ein Prälate denn sein! Gut, der Prälate bist du.
In dem geistlichen Rom, kaum scheint es glaublich, doch schwör ich:
Nie hat ein Geistlicher sich meiner Umarmung gefreut.
Arm war ich, leider, und jung und wohlbekannt den Verführern,
Falconieri hat mir oft in die Augen gegafft,
Und die Kuppler Albanis mich mit gewichtigen Zetteln
Bald nach Ostia, bald nach den vier Brunnen gelockt.
Aber wer nicht kam, das war das Mädchen. So hab ich
Rotstrumpf immer gehaßt und Violettstrumpf dazu;
Denn: Ihr seid am Ende doch nur betrogen! so sagte
Mir der Vater! wenn auch leichter die Mutter es nahm.
Und so bin ich denn doch am Ende betrogen! Du zürnest
Nur zum Scheine mit mir, weil du zu fliehen gedenkst.

Geh! ihr seid der Frauen nicht wert! Wir tragen die Kinder
Unter dem Herzen, und so tragen die Treue wir auch;
Aber ihr Männer, ihr schüttet mit eurer Kraft und Begierde
Auch die Liebe zugleich in den Umarmungen aus!«
Also sprach die Geliebte und nahm den Kleinen vom Stuhle,
Drückt' ihn küssend ans Herz, Tränen entquollen dem Blick.
Und wie saß ich beschämt, daß Reden feindlicher Menschen
Dieses liebliche Bild mir zu beflecken vermocht!
Dunkel brennt das Feuer nur augenblicklich und dampfet,
Wenn das Wasser die Glut stürzend und gähling verhüllt;
Aber sie reinigt sich schnell, verjagt die trübenden Dämpfe,
Neuer und mächtiger dringt leuchtend die Flamme hinauf.

Wenn du mir sagst, du habest als Kind, Geliebte, den Menschen
Nicht gefallen, und dich habe die Mutter verschmäht,
Bis du größer geworden und dich entwickelt, ich glaub es;
Gerne denk ich in dir mir ein besonderes Kind.
So vermisset die Blüte des Weinstocks Farben und Bildung,
Wenn die Beere, gereift, Menschen und Götter entzückt.

Herbstlich leuchtet die Flamme vom ländlich geselligen Herde,
Knistert und glänzet, wie rasch, sausend vom Reisig empor!
Diesen Abend erfreut sie mich mehr, denn eh noch zur Kohle
Sich das Bündel verzehrt, unter die Asche sich neigt,
Kommt mein liebliches Mädchen. Dann flammen Reisig und Scheite,

Und die erwärmte Nacht wird uns ein glänzendes Fest.
Morgen frühe geschäftig verläßt sie das Lager der Liebe,
Weckt aus der Asche behend Flammen aufs neue hervor.
Denn das gab ihr Amor vor vielen andern, die Freude
Wieder zu wecken, wenn sie still wie zu Asche versank.

Alexander und Cäsar und Heinrich und Friedrich, die Großen,
Gäben die Hälfte mir gern ihres erworbenen Ruhms,
Wenn ich ihnen dies Lager auf eine Nacht nur vergönnte;
Aber die Armen, sie hält strenge des Orkus Gewalt.
Freue dich also, Lebendger, der lieberwärmenden Stätte,
Ehe den fliehenden Fuß schauerlich Lethe dir netzt.

Amor bleibet ein Schalk, wer ihm vertraut, ist betrogen!
Heuchlend kam er zu mir: »Traue mir diesmal nur noch.
Redlich mein' ichs mit dir; du hast dein Leben und Dichten,
Dankbar erkenn ich es wohl, meiner Verehrung geweiht.
Siehe, dir bin ich nun gar nach Rom gefolget, ich möchte
Dir im fremden Gebiet gern was Gefälliges tun.
Jeder Reisende klagt, er finde schlechte Bewirtung;
Welchen Amor empfiehlt, köstlich bewirtet ist er.
Du betrachtest mit Staunen die Trümmern alter Gebäude
Und durchwandelst mit Sinn diesen geheiligten Raum.
Du verehrest noch mehr die werten Reste des Bildens
Einziger Künstler, die ich stets in der Werkstatt besucht.

Diese Gestalten, ich lehrte sie formen. Verzeih mir, ich prahle
Diesmal nicht; du gestehst, was ich dir sage, sei wahr.
Nun du mir lässiger dienst, wo sind die schönen Gestalten,
Wo die Farben, der Glanz deiner Erfindungen hin?
Denkst du, Freund, nun wieder zu bilden? Die Schule der Griechen
Blieb noch offen, das Tor schlossen die Jahre nicht zu.
Ich, der Lehrer, bin ewig jung und liebe die Jungen.
Nicht so altklug getan! Munter! Begreife mich wohl!
Das Antike war neu, da jene Glückliche lebten;
Lebe glücklich, und so lebe die Vorzeit in dir.
Stoff zum Liede, wo nimmst du ihn her? Ich muß dir ihn geben,
Und den höheren Stil lehret die Liebe dich nur.«
Also sprach der Sophiste. Wer widerspräch ihm? und leider
Bin ich zu folgen gewöhnt, wenn der Gebieter befiehlt. –
Nun verräterisch hält er sein Wort, gibt Stoff zu Gesängen,
Ach, und raubt mir die Zeit, Kraft und Besinnung zugleich;
Blicke, Händedruck und Küsse, gemütliche Worte,
Silben köstlichen Sinns wechselt ein liebendes Paar.
Da wird Lispeln Geschwätze, da wird ein Stottern zur Rede,
Solch ein Hymnus verhallt ohne prosodisches Maß.
Dich, Aurora, wie kannt ich dich sonst als Freundin der Musen!
Hat, Aurora, dich auch Amor, der lose, verführt?
Du erscheinst mir nun als seine Freundin, und weckest
Mich an seinem Altar wieder zum festlichen Tag.
Find ich die Fülle der Locken an meinem Busen! das Köpfchen
Ruhet und drucket den Arm, der sich dem Halse bequemt.
Welch ein freudig Erwachen! Erhieltet ihr, ruhige Stunden,
Mir das Denkmal der Lust, die in den Schlaf uns gewiegt. –

Sie bewegt sich im Schlummer und sinkt auf die Breite des Lagers,
Weggewendet, und doch läßt sie mir Hand noch in Hand.
Herzliche Liebe verbindet uns immer und treues Verlangen,
Und den Wechsel behielt nur die Begierde sich vor.
Einen Druck der Hand, ich sehe die himmlischen Augen
Wieder offen. – O nein! laßt auf der Bildung mich ruhn!
Bleibt geschlossen! ihr macht mich verworren und trunken, ihr raubet
Mir den stillen Genuß reiner Betrachtung zu früh.
Diese Formen wie groß! wie edel gewendet die Glieder!
Schlief Ariadne so schön, Theseus, du konntest entfliehn?
Einen Kuß nur auf diese Lippen! O Theseus, nun scheide! – –
Blick ihr ins Auge! Sie wacht! – Ewig nun hält sie dich fest.

Zünde Licht an, Knabe! – »Noch ist es hell; ihr verzehret
Öl und Docht nur umsonst. Schließet die Läden doch nicht!
Hinter die Häuser verbarg sich die Sonne, nicht hinter die Berge,
Noch ein halb Stündchen vergeht bis zum Geläute der Nacht!« –
Unglückseliger! geh und gehorche! Mein Mädchen erwart ich;
Tröste mich, Lämpchen, indes, lieblicher Bote der Nacht.

Cäsarn wär ich wohl nie zu den Britannen gefolget,
Florus hätte mich leicht in die Popine geschleppt!
Denn mir bleiben weit mehr die Nebel des traurigen Nordens
Als ein geschäftiges Volk südlicher Flöhe verhaßt.

Und noch schöner von heut an seid mir gegrüßet, ihr Schenken,
Osterien, wie euch schicklich der Römer benennt;
Denn ihr zeigtet mir heute die Liebste, vom Oheim begleitet,
Den die Gute so oft, mich zu besitzen, betrügt.
Hier stand unser Tisch, den Deutsche vertraulich umgaben;
Drüben suchte das Kind neben der Mutter den Platz,
Rückte vielmals die Bank und wußt es artig zu machen,
Daß ich halb ihr Gesicht, völlig den Nacken gewann.
Lauter sprach sie, als hier die Römerin pfleget, kredenzte,
Blickte rückwärts nach mir, goß und verfehlte das Glas;
Wein floß über den Tisch, und sie, mit zierlichem Finger,
Zog auf dem hölzernen Blatt Kreise der Feuchtigkeit hin.
Meinen Namen verschlang sie mit ihrem, ich schaute begierig
Immer dem Fingerchen nach, und sie bemerkte mich wohl.
Endlich zog sie behende das Zeichen der römischen Fünfe
Und ein Strichlein davor; schnell, und sobald ichs gesehn,
Schlang sie Kreise durch Kreise, die Lettern und Ziffern zu löschen;
Aber die köstliche V i e r blieb mir ins Auge geprägt,
Stumm war ich sitzen geblieben und biß die glühende Lippe,
Halb aus Schalkheit und Lust, halb aus Begierde, mir wund.
Noch so lange bis Nacht! dann noch vier Stunden zu warten!
Hohe Sonne, du weilst und du beschauest dein Rom!
Größeres sahest du nichts und wirst nichts Größeres sehen,
Wie es dein Priester Horaz in der Entzückung versprach.
Aber heute verweile nicht länger und wende die Blicke
Von dem Siebengebirg früher und williger ab.
Einem Dichter zuliebe verkürze die herrlichen Stunden,
Die mit begierigem Blick selig der Maler genießt;

Glühend blicke noch schnell zu diesen hohen Fassaden,
Kuppeln und Säulen zuletzt und Obelisken herauf;
Stürze dich eilig ins Meer, um morgen früher zu sehen,
Was du mit göttlicher Lust viele Jahrhunderte sahst.
Diese feuchte, mit Rohr so lange bewachsnen Gestade,
Diese mit Bäumen und Busch düster beschatteten Höhn,
Wenig Hütten zeigten sie dir; dann sahst du auf einmal
Sie vom wimmelnden Volk glücklicher Räuber belebt.
Alles schleppten sie dann an diese Stätte zusammen,
Kaum war das übrige Rund deiner Betrachtung noch wert;
Sahst eine Welt hier entstehn, dann eine Welt hier in Trümmern,
Aus den Trümmern aufs neu fast eine größere Welt.
Daß ich diese noch lange, von dir beleuchtet, erblicke,
Spinne die Parze mir klug, langsam den Faden herab.
Aber sie eile herbei, die schön bezeichnete Stunde! –
Glücklich! hör ich sie schon? Nein, doch ich höre schon Drei.
So, ihr lieben Musen, betrogt ihr wieder die Länge
Dieser Weile, die mich von der Geliebten getrennt.
Lebet wohl! Nun eil ich und fürcht euch nicht zu beleidgen,
Denn, ihr Stolzen, ihr gebt Amorn doch immer den Rang.

»Warum bist du, Geliebter, nicht heute zur Vigne gekommen?
Wie ich dir es versprach, wartet ich einsam auf dich.« –
Beste, schon war ich hinein; da sah ich zum Glücke den Oheim,
Neben den Stöcken bemüht, hinwärts und herwärts sich drehn.
Schleichend eilt ich hinaus! – »O welch ein Irrtum ergriff dich!
Nur eine Vogelscheu wars, was dich vertrieb! Die Gestalt

Flickt' er emsig zusammen aus alten Kleidern und Rohren,
Ach! ich half ihm daran, selbst mir zu schaden bemüht.
Nun! sein Wunsch ist erfüllt, er hat den losesten Vogel
Heute verscheuchet, der ihm Gärtchen und Nichte bestiehlt.

Manche Töne sind mir zuwider, doch bleibet am meisten
Hundegebell mir verhaßt, kläffend zerreißt es mein Ohr.
Einen Hund nur hör ich sehr oft mit frohem Behagen
Bellend kläffen, den Hund, den sich der Nachbar erzog.
Denn er bellte mir einst mein Mädchen an, da sie sich heimlich
Zu mir stahl, und verriet unser Geheimnis beinah.
Jetzo, hör ich ihn bellen, so denk ich nur immer: sie kommt wohl!
Oder ich denke der Zeit, da die Erwartete kam.

Eines ist mir verdrießlich vor allen Dingen, ein andres
Bleibt mir abscheulich, empört jegliche Faser in mir,
Nur der bloße Gedanke. Ich will es euch, Freunde, gestehen:
Gar verdrießlich ist mir einsam das Lager zu Nacht.
Aber ganz abscheulich ists, auf dem Wege der Liebe
Schlangen zu fürchten und Gift unter den Rosen der Lust,
Wenn im schönsten Moment der hin sich gebenden Freude
Deinem sinkenden Haupt lispelnde Sorge sich naht.
Darum macht mich Faustine so glücklich, sie teilet das Lager
Gerne mit mir und bewahrt Treue dem Treuen genau.
Reizendes Hindernis will die rasche Jugend; ich liebe,

Mich des versicherten Guts lange bequem zu erfreun.
Welche Seligkeit ists! wir wechseln sichere Küsse,
Atem und Leben getrost saugen und flößen wir ein.
So erfreuen wir uns der langen Nächte, wir lauschen,
Busen an Busen gedrängt, Stürmen und Regen und Guß.
So erscheinet uns wieder der Morgen; es bringen die Stunden
Neue Blumen herbei, schmücken uns festlich den Tag.
Gönnet mir, o Quiriten! das Glück, und jedem gewähre
Aller Güter der Welt erstes und letztes der Gott.

Zieret Stärke den Mann und freies mutiges Wesen,
O, so ziemet ihm fast tiefes Geheimnis noch mehr.
Städtebezwingerin, du, Verschwiegenheit! Fürstin der Völker!
Teure Göttin, die mich sicher durchs Leben geführt,
Welches Schicksal erfahr ich! Es löset scherzend die Muse,
Amor löset, der Schalk! mir den verschlossenen Mund.
Ach! schon wird es so schwer, der Könige Schande verbergen!
Weder die Krone bedeckt, weder ein phrygischer Bund
Midas' verlängertes Ohr; der nächste Diener entdeckt es,
Und ihm ängstet und drückt gleich das Geheimnis die Brust;
In die Erde möcht ers vergraben, um sich zu erleichtern,
Doch die Erde bewahrt solche Geheimnisse nicht;
Rohre sprießen hervor und rauschen und lispeln im Winde:
Midas! Midas, der Fürst, trägt ein verlängertes Ohr!
Schwerer wird es nun mir, ein schönes Geheimnis zu wahren;
Ach, den Lippen entquillt Fülle des Herzens so leicht!
Keiner Freundin darf ichs vertrauen, sie möchte mich schelten,

Keinem Freunde, vielleicht brächte der Freund mir Gefahr.
Mein Entzücken dem Hain, dem schallenden Felsen zu sagen,
Bin ich endlich nicht jung, bin ich nicht einsam genug.
Dir, Hexameter, dir, Pentameter, sei es vertrauet,
Wie sie des Tags mich erfreut, wie sie des Nachts mich beglückt.
Sie, von vielen Männern gesucht, vermeidet die Schlingen,
Die ihr der Kühnere frech, heimlich der Listige legt;
Klug und zierlich schlüpft sie vorbei und kennet die Wege,
Wo sie der Liebste gewiß lauschend begierig empfängt.
Zaudre, Luna, sie kommt! damit sie der Nachbar nicht sehe;
Rausche, Lüftchen, durchs Laub, niemand vernehme den Tritt.
Und ihr, wachset und blüht, geliebte Lieder, und wieget
Euch im leisesten Hauch lauer und liebender Luft,
Und, wie jenes Rohr geschwätzig, entdeckt den Quiriten
Eines glücklichen Paars schönes Geheimnis zuletzt.

SÜSSE SORGEN

Weichet, Sorgen, von mir! – Doch ach, den sterblichen Menschen
Lässet die Sorge nicht los, bis ihn das Leben verläßt.
Soll es einmal denn sein, so kommt, ihr Sorgen der Liebe,
Treibt die Geschwister hinaus, nehmt und behauptet mein Herz.

Ach! mein Hals ist ein wenig geschwollen! so sagte mein Liebchen
Ängstlich. – Stille, mein Kind, still, und vernehme das Wort:
Dich hat die Hand der Venus berührt, sie deutet dir leise,
Daß sie das Körperchen bald, ach! unaufhaltsam verstellt;
Bald verdirbt sie die schlanke Gestalt, die zierlichen Brüstchen,
Alles schwillt nun, es paßt nirgend das neuste Gewand.
Sei nur ruhig, es deutet die fallende Blüte dem Gärtner,
Daß die liebliche Frucht schwellend im Herbste gedeiht.

Wonniglich ists, die Geliebte verlangend im Arme zu halten,
Wenn ihr klopfendes Herz Liebe zuerst dir gesteht.
Wonniglicher, das Pochen des Neulebendigen fühlen,
Das in dem lieblichen Schoß immer sich nährend bewegt.
Schon versucht es die Sprünge der raschen Jugend, es klopfet
Ungeduldig schon an, sehnt sich nach himmlischem Licht.
Harre noch wenige Tage! Auf allen Pfaden des Lebens
Führen die Horen dich streng, wie es das Schicksal gebeut.
Widerfahre dir, was dir auch wolle, du wachsender Liebling,
Liebe bildete dich, werde dir Liebe zuteil.

Schwer erhalten wir uns den guten Namen, denn Fama
Steht mit Amorn, ich weiß, meinem Gebieter, im Streit.
Wißt auch ihr, woher es entsprang, daß beide sich hassen?
Alte Geschichten sind das, und ich erzähle sie wohl.

Immer war sie die mächtige Göttin, doch für die Gesellschaft
Unerträglich, denn gern führt sie das herrschende Wort;
Und so war sie von je, bei allen Göttergelagen,
Mit der Stimme von Erz, Großen und Kleinen verhaßt.
So berühmte sie einst sich übermütig, sie habe
Jovis herrlichen Sohn ganz sich zum Sklaven gemacht.
»Meinen Herkules führ ich dereinst, o Vater der Götter!«
Rief triumphierend sie aus, »wiedergeboren dir zu.
Es ist nicht Herkules mehr, den dir Alkmene geboren:
Seine Verehrung für mich macht ihn auf Erden zum Gott.
Schaut er nach dem Olymp, so glaubst du, er schaue nach deinen
Mächtigen Knieen, vergib! nur in den Äther nach mir
Blickt der würdigste Mann. Mich zu verdienen, durchschreitet
Leicht sein mächtiger Fuß Bahnen, die keiner betrat.
Aber auch ich begegn ihm auf seinen Wegen und preise
Seinen Namen voraus, eh er die Tat noch beginnt.
Mich vermählst du ihm einst, der Amazonen Besieger
Werd auch meiner, und ihn nenn ich mit Freuden Gemahl!«
Alles schwieg; sie mochten nicht gern die Prahlerin reizen:
Denn sie denkt sich, erzürnt, leicht was Gehässiges aus.
Amorn bemerkte sie nicht, er schlich beiseite; den Helden
Bracht er mit weniger Kunst unter der Schönsten Gewalt.
Nun vermummt er sein Paar: ihr hängt er die Bürde des Löwen
Über die Schultern und lehnt mühsam die Keule dazu,
Drauf bespickt er mit Blumen des Helden sträubende Haare,
Reichet den Rocken der Faust, die sich dem Scherze bequemt.
So vollendet er bald die neckische Gruppe; dann läuft er,

Ruft durch den ganzen Olymp: »Herrliche Taten geschehn!
Nie hat Erd und Himmel, die unermüdete Sonne
Hat auf der ewigen Bahn keines der Wunder erblickt.«
Alles eilte, sie glaubten dem losen Knaben, denn ernstlich
Hatt er gesprochen; und auch Fama, sie blieb nicht zurück.
Wer sich freute, den Mann so tief erniedrigt zu sehen,
Denkt ihr? Juno! Es galt Amorn ein freundlich Gesicht.
Fama daneben, wie stand sie beschämt, verlegen, verzweifelnd!
Anfangs lachte sie nur: »Masken, ihr Götter, sind das!
Meinen Helden, ich kenn ihn besser, es haben Tragöden
Uns zum besten!« Doch bald sah sie mit Schmerzen: er wars!
Nicht den tausendsten Teil verdroß es Vulkanen, sein Weibchen
Mit dem rüstigen Freund unter den Maschen zu sehn,
Als das verständige Netz im rechten Moment sie umfaßte,
Die Verschlungnen umschlang, fest die Genießenden hielt.
Wie sich die Jünglinge freuten! Merkur und Bacchus! sie beide
Mußten gestehen: es sei, über dem Busen zu ruhn
Dieses herrlichen Weibes, ein schöner Gedanke. Sie baten:
Löse, Vulkan, sie noch nicht! Laß sie noch einmal besehn.
Und der Alte war so Hahnrei und hielt sie nur fester.
Aber Fama, sie floh rasch und voll Grimmes davon.
Seit der Zeit ist zwischen den beiden nicht Stillstand der Fehde:
Wie sie sich Helden erwählt, gleich ist der Knabe darnach.
Wer sie am höchsten verehrt, den weiß er am besten zu fassen,
Und den Sittlichsten greift er am gefährlichsten an.
Will ihm einer entgehn, den bringt er vom Schlimmen ins Schlimmste.
Mädchen bietet er an; wer sie ihm töricht verschmäht,

Muß erst grimmige Pfeile von seinem Bogen erdulden;
Mann erhitzt er auf Mann, treibt die Begierden aufs Tier.
Wer sich seiner schämt, der muß erst leiden; dem Heuchler
Streut er bittern Genuß unter Verbrechen und Not.
Aber auch sie, die Göttin, verfolgt ihn mit Augen und Ohren:
Sieht sie ihn einmal bei dir, gleich ist sie feindlich gesinnt,
Schreckt dich mit ernstem Blick, verachtenden Mienen, und heftig
Strenge verruft sie das Haus, das er gewöhnlich besucht.
Und so geht es auch mir, schon leid ich ein wenig: die Göttin,
Eifersüchtig, sie forscht meinem Geheimnisse nach.
Doch es ist ein altes Gesetz: ich schweig und verehre:
Denn der Könige Zwist büßten die Griechen, wie ich.

Hörest du, Liebchen! das muntre Geschrei den Flaminischen Weg her?
Schnitter sind es; sie ziehn wieder nach Hause zurück,
Weit von hier. Sie haben dem Römer die Ernte vollendet,
Der für Ceres den Kranz selber zu flechten verschmäht.
Keine Feste sind mehr der großen Göttin gewidmet,
Die statt Eicheln zur Kost goldenen Weizen verlieh.
Laß uns beide das Fest im stillen freudig begehen!
Ein versammeltes Volk stellen zwei Liebende vor.
Hast du wohl jemals gehört von jener mystischen Feier,
Die von Eleusis hieher frühe dem Sieger gefolgt?
Griechen stifteten sie, und immer riefen nur Griechen.
Selbst in den Mauern von Rom: »Kommt zur geheiligten Nacht!«

Und es floh der Profane; da bebte der wartende Neuling,
Den ein weißes Gewand, Zeichen der Unschuld, umgab.
Wunderlich irrte darauf der Eingeführte durch Kreise
Seltner Gestalten, im Traum schien er zu wallen: denn hier
Wanden sich Schlangen am Boden des Tempels, verschlossene Kästchen,
Reich mit Ähren umkränzt, trugen hier Mädchen vorbei,
Vielbedeutend gebärdeten sich die Priester und summten;
Ungeduldig und bang harrte der Lehrling auf Licht.
Erst nach vielen Proben, oft wiederkehrend, erfuhr er,
Was der geheiligte Kreis seltsam in Bildern verbarg.
Und was war das Geheimnis? als daß Demeter, die große,
sich gefällig einmal auch einem Helden bequemt,
Als sie dem edlen Jasion, dem rüstigen König der Kreter,
Ihres unsterblichen Leibs holdes Verborgene gegönnt.
Da war Kreta beglückt, das Hochzeitbette der Göttin
Schwoll von Ähren, und reich drückte den Acker die Saat.
Aber die übrige Welt verschmachtete, denn es versäumte
Über der Liebe Genuß Ceres den schönen Beruf.
Voll Erstaunen vernahm der Eingeweihte das Märchen,
Winkte der Liebsten – Verstehst du nun, Geliebte, den Wink?
Jene buschige Myrte beschattet ein heiliges Plätzchen;
Unsre Zufriedenheit bringt keine Gefährde der Welt.

Immer halt ich die Liebste begierig im Arme geschlossen,
Immer drängt sich mein Herz fest an den Busen ihr an,
Immer lehnet mein Haupt an ihren Knieen, ich blicke

Nach dem lieblichen Mund, ihr nach den Augen hinauf.
»Weichling!« schölte mich einer, »und so verbringst du die Tage?«
Ach, ich verbringe sie schlimm! Höre nur, wie mir geschieht!
Allen Freuden des Lebens hab ich den Rücken gekehret,
Schon den zwanzigsten Tag schleppt mich der Wagen umher,
Vetturine trotzen mir nun, es schmeichelt der Kämmrer,
Und der Bediente vom Platz sinnet auf Lügen und Trug.
Will ich ihnen entgehn, so faßt mich der Meister der Posten,
Postillione sind Herrn, dann die Dogane dazu!
»Ich verstehe dich nicht! Du widersprichst dir! Du schienest
Paradiesisch zu ruhn, ganz wie Rinaldo beglückt?«
Ach! ich verstehe mich wohl: es ist mein Körper auf Reisen,
Und es ruhet mein Geist stets der Geliebten im Schoß.

Warum treibt sich das Volk und schreit so? Es will sich ernähren,
Kinder zeugen, und die nähren, so gut es vermag.
Merke dir, Reisender, das und tue zu Hause desgleichen.
Weiter bringt es kein Mensch, stell er sich, wie er auch will.

Süß, den sprossenden Klee im Frühling mit weichlichen Füßen
Und die Wolle des Lamms tasten mit zärtlicher Hand;
Süß, voll Blüten zu sehn die neu lebendigen Zweige,
Dann das grünende Laub locken mit Sehnsucht im Blick;
Aber süßer, mit Blumen dem Busen der Schäferin schmeicheln,
Und dies vielfache Glück läßt mich entbehren der Mai.

»Schläfst du noch immer?« Nur still, und laß mich ruhen; erwach ich,
Nun, was soll ich denn hier? Breit ist das Bette, doch leer.
Überall ist Sardinien, wo man allein schläft, und Tibur,
Überall ist es, Freund, wo dich die Liebliche weckt.

Oft sind alle neune gekommen, ich meine die Musen;
Doch ich hörte sie nicht, hatte das Mädchen im Schoß.
Nun verließ ich mein Liebchen, mich haben die Musen verlassen,
Und ich schielte, verwirrt, seitwärts nach Messer und Strick.
Aber der Himmel ist voll von Göttern, du kamst mir zu Hilfe,
Langeweile! du bist Mutter der Musen gegrüßt.

Welch ein Mädchen ich wünsche zu haben? ihr fragt mich? ich hab sie,
Wie ich sie wünsche, das heißt, dünkt mich, mit wenigem viel.
An dem Meere ging ich und suchte mir Muscheln; in einer
Fand ich ein Perlchen, es bleibt nun mir am Herzen verwahrt.

Das ist dein eigenes Kind nicht, worauf du bettelst, und rührst mich;
O! wie rührt mich erst die, die mir mein eigenes bringt!

Wißt ihr, wie ich gewiß euch Epigramme zu Scharen
Fertige, führet mich nur weit von der Liebsten hinweg.

Göttlicher Morpheus, umsonst bewegst du die lieblichen Mohne,
Dieses Auge bleibt wach, drückt mir es Amor nicht zu.

O! wie achtet ich sonst auf alle Zeiten des Jahres!
Grüßte den kommenden Lenz, sehnte dem Herbste mich nach;
Aber nun ist kein Sommer, kein Winter, seitdem mich Beglückten
Amors Fittich bedeckt, ewiger Frühling umschwebt.

Du erstaunest und zeigst mir das Meer, es scheinet zu brennen;
Wie bewegt sich die Flut flammend ums nächtliche Schiff!
Mich verwundert es nicht, das Meer gebar Aphroditen,
Und entsprang nicht aus ihr uns eine Flamme, der Sohn?

Glänzen sah ich das Meer und blinken die liebliche Welle,
Frisch mit günstigem Wind zogen die Segel dahin.
Keine Sehnsucht fühlte mein Herz, es wendet mein Auge
Nach dem Schnee des Gebirgs, rückwärts, den schmachtenden Blick.

Welche Schätze liegen mir südwärts, doch einer in Norden
Zieht, ein großer Magnet, unwiderstehlich zurück.

Ach! mein Mädchen verreist! Sie steigt zu Schiffe! – Mein König!
Äolus! mächtiger Fürst! halte die Stürme zurück!
Törichter! ruft mir der Gott zu, befürchte nicht wütende Stürme,
Fürchte das Lüftchen, wenn sanft Amor die Flügel bewegt.

Oftmals hab ich geirrt und habe mich wieder gefunden,
Aber glücklicher nie; nun ist dies Mädchen mein Glück!
Ist auch das ein Irrtum, so schont mich, ihr klügeren Götter,
Und benehmt mir ihn erst drüben am kalten Gestad.

Traurig, Midas, war dein Geschick! in bebenden Händen
Fühltest du, hungriger Greis, schwere verwandelte Kost.
Lustiger geht mirs auf ähnliche Weise, denn was ich berühre,
Wird mir unter der Hand gleich ein behendes Gedicht.
Gern ertrag ich das Schicksal, ihr Musen, nur daß ihr mein Liebchen,
Drück ich sie fest an die Brust, mir nicht zum Märchen verkehrt.

Und so tändelt ich mir, von allen Freuden geschieden,
In der Neptunischen Stadt Tage wie Stunden hinweg.
Alles, was ich erfuhr, würzt ich mit süßer Erinnrung,
Würzt ich mit Hoffnung, sie sind lieblichste Würzen der Welt.

Weit und schön ist die Welt, doch o, wie dank ich dem Himmel,
Daß ein Gärtchen, beschränkt, zierlich, mein eigen gehört!
Bringt mich wieder nach Hause! Was hat ein Gärtner
zu reisen?
Ehre bringts ihm und Glück, wenn er sein Gärtchen besorgt.

Arm und kleiderlos war sie, als ich das Mädchen geworben;
Damals gefiel sie mir nackt, wie sie mir jetzt noch gefällt.

In der Dämmrung des Morgens den höchsten Gipfel erklimmen,
Frühe den Boten des Tags grüßen, dich, freundlichen Stern,
Ungeduldig die Blicke der Himmelsfürstin erwarten,
Wonne des Jünglings! wie oft locktest du nachts mich heraus!
Nun erscheint ihr mir, Boten des Morgens, ihr himmlischen
Augen
Meiner Geliebten, und stets kommt mir die Sonne zu früh.

Von Osten nach Westen –
Zu Hause am besten.

EINER

Grausam handelt Amor mit mir! o! spielet, ihr Musen,
Mit den Schmerzen, die er, spielend, im Busen erregt.
Manuskripte besitz ich, wie kein Gelehrter noch König,
Denn mein Liebchen, sie schreibt, was ich ihr dichtete, mir.
Wie im Winter die Saat nur langsam keimet, im Frühling
Lebhaft treibet und schoßt, so war die Neigung zu dir.
Immer war mir das Feld und der Wald, und der Fels und die Gärten
Nur ein Raum, und du machst sie, Geliebte, zum Ort.
Raum und Zeit, ich empfind es, sind bloße Formen des Denkens,
Da das Eckchen mit dir, Liebchen, unendlich mir scheint.
Sorge! sie steiget mit dir zu Pferde, sie steiget zu Schiffe;
Viel zudringlicher noch packet sich Amor mir auf.
Schwer zu besiegen ist schon die Neigung; gesellet sich aber
Gar die Gewohnheit zu ihr, nimmer bezwingest du sie.
Welche Schrift ich zweimal, ja dreimal hintereinander
Lese? Das herzliche Blatt, das die Geliebte mir schreibt.
Wer mich entzückt, vermag mich zu täuschen. O! Dichter und Sänger,
Mimen! lerntet ihr doch meiner Geliebten was ab!
Alle Freude des Dichters, ein gutes Gedicht zu erschaffen,
Fühle das liebliche Kind, das ihn begeisterte, mit.

Ein Epigramm sei zu kurz, mir etwas Herzlichs zu sagen?
Wie, mein Geliebter, ist denn nicht noch viel kürzer der Kuß?
Kennst du den herrlichen Gift der unbefriedigten Liebe?
Er versengt und erquickt, zehret am Mark und erneuts.
Kennst du die herrliche Wirkung der endlich befriedigten Liebe?
Körper verbindet sie schön, wenn sie die Geister befreit.
Das ist die wahre Liebe, die immer und immer sich gleichbleibt,
Wenn man ihr alles gewährt, wenn man ihr alles versagt.
Alles wünscht ich zu haben, um mit ihr alles zu teilen;
Alles gäb ich dahin, wär sie, die Einzige, mein.
Kränken ein liebendes Herz, und schweigen müssen! geschärfter
Können die Qualen nicht sein; die Rhadamanth sich ersinnt.
Warum bin ich vergänglich? o Zeus! so fragte die Schönheit.
Macht ich doch, sagte der Gott, nur das Vergängliche schön.
Und die Liebe, die Blumen, der Tau und die Jugend vernahmens,
Alle gingen sie weg, weinend, von Jupiters Thron.
Leben muß man und lieben! Es endet Leben und Liebe!
Schnittest du Parze, doch nur beiden die Fäden zugleich.

DER NEUE PAUSIAS UND SEIN BLUMENMÄDCHEN

Sie

Schütte die Blumen nur her, zu meinen Füßen und deinen!
Welch ein chaotisches Bild holder Verwirrung du streust!

Er

Du erscheinest als Liebe, die Elemente zu knüpfen;

Wie du sie bindest, so wird nun erst ein Leben daraus.

Sie

Sanft berühre die Rose, sie bleibt im Körbchen verborgen;
Wo ich dich finde, mein Freund, öffentlich reich ich sie dir.

Er

Und ich tu, als kennt ich dich nicht, und danke dir freundlich;
Aber dem Gegengeschenk weichet die Geberin aus.

Sie

Reiche die Hyazinthe mir zu, und reiche die Nelke,
Daß die frühe zugleich neben der späteren sei.

Er

Laß zu deinen Füßen mich sitzen im blumigen Kreise,
Und ich fülle den Schoß dir mit der lieblichen Schar.

Sie

Reiche den Faden mir erst; dann sollen die Gartenverwandten,
Die sich von ferne nur sahn, nebeneinander sich freun.

Er

Was bewundr ich zuerst? was zuletzt? die herrlichen Blumen?
Oder der Finger Geschick? oder der Wählerin Geist?

Sie

Gib auch Blätter, damit der Glanz der Blumen nicht blende;
Auch das Leben verlangt ruhige Blätter im Kranz.

Er

Sage, was wählst du so lange bei diesem Strauße? Gewiß ist
Dieser jemand geweiht, den du besonders bedenkst.

Sie

Hundert Sträuße verteil ich des Tags und Kränze die Menge;
Aber den schönsten doch bring ich am Abend dir zu.

Er

Ach! nur glücklich wäre der Maler, der diese Gewinde
Malte, das blumige Feld, ach! und die Göttin zuerst!

Sie

Aber doch mäßig glücklich ist der, mich dünkt, der am Boden
Hier sitzt, dem ich den Kuß reichend noch glücklicher bin.

Er

Ach, Geliebte, noch einen! Die neidischen Lüfte des Morgens
Nahmen den ersten sogleich mir von den Lippen hinweg.

Sie

Wie der Frühling die Blumen mir gibt, so geb ich die Küsse
Gern dem Geliebten; und hier sei mit dem Kusse der Kranz.

Er

Hätt ich das hohe Talent des Pausias glücklich empfangen,
Nachzubilden den Kranz, wär ein Geschäfte des Tags!

Sie

Schön ist er wirklich. Sieh ihn nur an! Es wechseln die schönsten
Kinder Florens um ihn, bunt und gefällig, den Tanz.

Er

In die Kelche versenkt ich mich dann und erschöpfte den süßen
Zauber, den die Natur über die Kronen ergoß.

Sie

Und so fänd ich am Abend noch frisch den gebundenen Kranz hier;
Unverwelklich spräch er von der Tafel uns an.

Er

Ach, wie fühl ich mich arm und unvermögend! wie wünscht ich
Festzuhalten das Glück, das mir die Augen versengt!

Sie

Unzufriedener Mann! Du bist ein Dichter und neidest
Jenes Alten Talent? Brauche das deinige doch!

Er

Ach, erreicht wohl der Dichter den Schmelz der farbigen Blumen?
Neben deiner Gestalt bleibt nur ein Schatten sein Wort!

Sie

Aber vermag der Maler wohl auszudrücken: Ich liebe!
Nur dich lieb ich, mein Freund! lebe für dich nur allein!

Er

Ach! und der Dichter selbst vermag nicht zu sagen: Ich liebe!
Wie du, himmlisches Kind, süß mir es schmeichelst ins Ohr.

Sie

Viel vermögen sie beide; doch bleibt die Sprache des Kusses,
Mit der Sprache des Blicks, nur den Verliebten geschenkt.

Er

Du vereinigest alles, du dichtest und malest mit Blumen;
Florens Kinder sind dir Farben und Worte zugleich.

Sie

Nur ein vergängliches Werk entwindet der Hand sich des Mädchens
Jeden Morgen; es welkt früher als Abend die Pracht.

Er

Auch so geben die Götter vergängliche Gaben, damit sie
Stets erneuernd und stets ziehen, die herrlichen, an.

Sie

Hat dir doch kein Strauß, kein Kranz des Tages gefehlet,
Seit dem ersten, der dich mir so von Herzen verband.

Er

Ja, noch hängt er zu Hause, der erste Kranz, in der Kammer,
Den du mir, den Schmaus lieblich umwandelnd, gereicht.

Sie

Da ich den Becher dir kränzte, und eine Blume hineinfiel,
Und du trankst und riefst: Mädchen, die Blumen sind Gift!

Er

Und dagegen du sagtest: Sie sind voll Honig, die Blumen;
Aber die Biene nur findet die Süßigkeit aus.

Sie

Und der rohe Timanth ergriff mich und sagte: Die Hummeln
Forschen des herrlichen Kelchs süße Geheimnisse wohl?

Er

Und du wandtest dich weg und wolltest fliehen; es stürzten
Vor dem täppischen Mann Körbchen und Blumen hinab.

Sie

Und du riefst ihm gebietend: Das Mädchen laß nur;
die Sträuße,
Sowie das Mädchen selbst, sind für den feineren Sinn.

Er

Aber fester hielt er dich nur; es grinste der Lacher,
Und dein Kleid zerriß oben vom Nacken herab.

Sie

Und du warfst in begeisterter Wut den Becher hinüber,
Daß er am Schädel ihm, häßlich vergossen, erklang.

Er

Wein und Zorn verblendeten mich; doch sah ich den weißen
Nacken, die herrliche Brust, die du bedecktest, im Blick.

Sie

Welch ein Getümmel ward und ein Aufstand! Purpurn das Blut lief,
Mit dem Weine vermischt, greulich dem Gegner vom Haupt.

Er

Und ich sahe nur dich am Boden kniend, verdrießlich;
Mit der einen Hand hieltst das Gewand du hinauf.

Sie

Und es flogen die Teller nach dir! Ich sorgte, den edeln
Fremdling träfe der Wurf kreisend geschwungnen Metalls.

Er

Und doch sah ich nur dich, wie mit der anderen Hand du
Körbchen, Blumen und Kranz sammeltest unter dem Stuhl.

Sie

Schützend tratest du vor, daß nicht mich der Zufall verletzte.
Oder der zornige Wirt, weil ich das Mahl ihm gestört.

Er

Ja, ich erinnre mich noch; ich nahm den Teppich, wie einer,
Der auf dem linken Arm gegen den Stier ihn bewegt.

Sie

Ruhe gebot der Wirt und sinnige Freunde. Da schlüpft ich
Sachte hinaus; nach dir wendet ich immer den Blick.

Er

Ach, du warst mir verschwunden! Vergebens sucht ich in allen
Winkeln des Hauses herum, sowie auf Straßen und Markt.

Sie

Schamhaft blieb ich verborgen. Das unbescholtene Mädchen,
Sonst von den Bürgern geliebt, war nun das Märchen des Tags.

Er
Blumen sah ich genug und Sträuße, Kränze die Menge;
Aber du fehltest mir, aber du fehltest der Stadt.
Sie
Stille saß ich zu Hause. Da blätterte los sich vom Zweige
Manche Rose, so auch welkte die Nelke dahin.
Er
Mancher Jüngling sprach auf dem Platz: Da liegen die Blumen,
Aber die Liebliche fehlt, die sie verbände zum Kranz.
Kränze band ich indessen zu Haus und ließ sie verwelken.
Siehst du? da hängen sie noch, neben dem Herde, für dich.
Er
Auch so welkte der Kranz, der erste, ich hatt im Getümmel
Nicht ihn vergessen, ich hängt neben dem Bett mir ihn auf.
Sie
Und ich sah die Kränze des Abends und saß noch und weinte,
Bis in der dunkelen Nacht Farbe nach Farbe verlosch.
Er
Irrend ging ich umher und fragte nach deiner Behausung;
Keiner der Eitelsten selbst konnte mir geben Bescheid.
Sie
Keiner hat je mich besucht, und keiner weiß die verborgne
Wohnung; die Größe der Stadt birget die Ärmere leicht.
Er
Irrend lief ich umher und flehte zur spähenden Sonne:
Zeige mir, mächtiger Gott, wo du im Winkel ihr scheinst!
Sie
Große Götter hörten dich nicht; doch Penia hört' es.

Endlich trieb die Not nach dem Gewerbe mich aus.

Er

Trieb nicht noch dich ein anderer Gott, den Beschützer zu suchen?

Hatte nicht Amor für uns wechselnde Pfeile getauscht?

Sie

Spähend sucht ich dich auf bei vollem Markt, und ich sah dich!

Er

Und es hielt das Gedräng keines der Liebenden auf.

Sie

Ja, wir teilten das Volk, wir kamen zusammen, du standest,

Er

Und du standest vor mir, ja! und wir waren allein,

Sie

Mitten unter den Menschen! sie schienen nur Sträucher und Bäume,

Er

Und mir schien ihr Getös nur ein Geriesel des Quells.

Sie

Immer allein sind Liebende sich in der größten Versammlung;
Aber sind sie zu zwei, stellt auch der Dritte sich ein.

Er

Amor, ja! er schmückt sich mit diesen herrlichen Kränzen.
Schütte die Blumen nun doch fort, aus dem Schoße den Rest!

Sie

Nun, ich schütte sie weg, die schönen. In deiner Umarmung,
Lieber, geht mir auch heut wieder die Sonne nur auf.

Nikias, trefflicher Mann, du Arzt des Leibs und der Seele!
Krank! ich bin es fürwahr; aber dein Mittel ist hart.
Ach! die Kraft schon schwand mir dahin, dem Rate zu folgen;
Ja, und es scheinet der Freund schon mir ein Gegner zu sein.
Widerlegen kann ich dich nicht, ich sage mir alles,
Sage das härtere Wort, das du verschweigest, mir auch.
Aber, ach! das Wasser entstürzt der Steile des Felsen
Rasch, und die Welle des Bachs halten Gesänge nicht auf.
Rast nicht unaufhaltsam der Sturm? und wälzet die Sonne
Sich, von dem Gipfel des Tags, nicht in die Wellen hinab?
Und so spricht mir rings die Natur: Auch du bist, Amyntas,
Unter das strenge Gesetz ehrner Gewalten gebeugt.
Runzle die Stirne nicht tiefer, mein Freund! und höre gefällig,
Was mich gestern ein Baum, dort an dem Bache, gelehrt.
Wenig Äpfel trägt er mir nur, der sonst so beladne:
Sieh, der Efeu ist schuld, der ihn gewaltig umgibt.
Und ich faßte das Messer, das krummgebogene, scharfe,
Trennte schneidend und riß Ranke nach Ranken herab;
Aber ich schauderte gleich, als tief erseufzend und kläglich
Aus den Wipfeln zu mir lispelnde Klage sich goß:
O! verletze mich nicht! den treuen Gartengenossen,
Dem du als Knabe, so früh, manche Genüsse verdankt.
O! verletze mich nicht! du reißest mit diesem Geflechte,
Das du gewaltig zerstörst, grausam das Leben mir aus.
Hab ich nicht selbst sie genährt und sanft sie herauf mir erzogen?
Ist wie mein eigenes Laub mir nicht das ihre verwandt?
Soll ich nicht lieben die Pflanze, die, meiner einzig bedürftig,

Still, mit begieriger Kraft, mir um die Seite sich schlingt?
Tausend Ranken wurzelten an, mit tausend und tausend
Fasern senket sie fest mir in das Leben sich ein.
Nahrung nimmt sie von mir; was ich bedürfte, genießt sie,
Und so saugt sie das Mark, sauget die Seele mir aus.
Nur vergebens nähr ich mich noch, die gewaltige Wurzel
Sendet lebendigen Saft, ach! nur zur Hälfte hinauf.
Denn der gefährliche Gast, der geliebte, maßet behende
Unterweges die Kraft herbstlicher Früchte sich an.
Nichts gelangt zur Krone hinauf, die äußersten Wipfel
Dorren, es dorret der Ast über dem Bache schon hin.
Ja, die Verräterin ists! sie schmeichelt mir Leben und Güter,
Schmeichelt die strebende Kraft, schmeichelt die Hoffnung mir ab.
Sie nur fühl ich, nur sie, die umschlingende, freue der Fesseln,
Freue des tötenden Schmucks fremder Umlaubung mich nur.
Halte das Messer zurück! o Nikias, schone den Armen,
Der sich in liebender Luft, willig gezwungen, verzehrt.
Süß ist jede Verschwendung! o! laß mich der schönsten genießen!
Wer sich der Liebe vertraut, hält er sein Leben zu Rat?

DIE METAMORPHOSE DER PFLANZEN

Dich verwirret, Geliebte, die tausendfältige Mischung
Dieses Blumengewühls über dem Garten umher;
Viele Namen hörest du an, und immer verdränget
Mit barbarischem Klang einer den andern im Ohr.

Alle Gestalten sind ähnlich, und keine gleichet der andern,
Und so deutet das Chor auf ein geheimes Gesetz,
Auf ein heiliges Rätsel. O! könnt ich dir, liebliche Freundin,
Überliefern sogleich glücklich das lösende Wort.
Werdend betrachte sie nun, wie nach und nach sich die Pflanze,
Stufenweise geführt, bilde zu Blüten und Frucht.
Aus dem Samen entwickelt sie sich, sobald ihn der Erde
Stille befruchtender Schoß hold in das Leben entläßt
Und dem Reize des Lichts, des heiligen, ewig bewegten,
Gleich den zartesten Bau keimender Blätter empfiehlt.
Einfach schlief in dem Samen die Kraft; ein beginnendes Vorbild
Lag, verschlossen in sich, unter die Hülle gebeugt,
Blatt und Wurzel und Keim, nur halb geformet und farblos;
Trocken erhält so der Kern ruhiges Leben bewahrt,
Quillet strebend empor, sich milder Feuchte vertrauend,
Und erhebt sich sogleich aus der umgebenden Nacht.
Aber einfach bleibt die Gestalt der ersten Erscheinung,
Und so bezeichnet sich auch unter den Pflanzen das Kind.
Gleich darauf ein folgender Trieb, sich erhebend, erneuet,
Knoten auf Knoten getürmt, immer das erste Gebild.
Zwar nicht immer das gleiche; denn mannigfaltig erzeugt sich,
Ausgebildet, du siehsts, immer das folgende Blatt,
Ausgedehnter, gekerbter, getrennter in Spitzen und Teile,
Die verwachsen vorher ruhten im untern Organ.
Und so erreicht es zuerst die höchst bestimmte Vollendung,
Die bei manchem Geschlecht dich zum Erstaunen bewegt.
Viel gerippt und gezackt, auf mastig strotzender Fläche,
Scheinet die Fülle des Triebs frei und unendlich zu sein.
Doch hier hält die Natur, mit mächtigen Händen, die Bildung

An und lenket sie sanft in das Vollkommnere hin.
Mäßiger leitet sie nun den Saft, verengt die Gefäße,
Und gleich zeigt die Gestalt zärtere Wirkungen an.
Stille zieht sich der Trieb der strebenden Ränder zurücke,
Und die Rippe des Stiels bildet sich völliger aus.
Blattlos aber und schnell erhebt sich der zärtere Stengel,
Und ein Wundergebild zieht den Betrachtenden an.
Rings im Kreise stellet sich nun, gezählet und ohne
Zahl, das kleinere Blatt neben dem ähnlichen hin.
Um die Achse bildet sich so der bergende Kelch aus,
Der zur höchsten Gestalt farbige Kronen entläßt.
Also prangt die Natur in hoher, voller Erscheinung,
Und sie zeiget, gereiht, Glieder an Glieder gestuft.
Immer erstaunst du aufs neue, sobald sich am Stengel die Blume
Über dem schlanken Gerüst wechselnder Blätter bewegt.
Aber die Herrlichkeit wird des neuen Schaffens Verkündung;
Ja, das farbige Blatt fühlet die göttliche Hand,
Und zusammen zieht es sich schnell; die zärtesten Formen,
Wickeln sich zwiefach hervor, sich zu vereinen bestimmt.
Traulich stehen sie nun, die holden Paare, beisammen,
Zahlreich reihen sie sich um den geweihten Altar.
Hymen schwebet herbei, und herrliche Düfte, gewaltig,
Strömen süßen Geruch, alles belebend, umher.
Nun vereinzelt schwellen sogleich unzählige Keime,
Hold in den Mutterschoß schwellender Früchte gehüllt.
Und hier schließt die Natur den Ring der ewigen Kräfte;
Doch ein neuer sogleich fasset den vorigen an,
Daß die Kette sich fort durch alle Zeiten verlänge

Und das Ganze belebt, so wie das Einzelne, sei.
Nun, Geliebte, wende den Blick zum bunten Gewimmel,
Das verwirrend nicht mehr sich vor dem Geiste bewegt.
Jede Pflanze winket dir nun die ewgen Gesetze,
Jede Blume, sie spricht lauter und lauter mit dir.
Aber entzifferst du hier der Göttin heilige Lettern,
Überall siehst du sie dann, auch in verändertem Zug:
Kriechend zaudre die Raupe, der Schmetterling eile geschäftig.
Bildsam ändre der Mensch selbst die bestimmte Gestalt.
O! gedenke denn auch, wie aus dem Keim der Bekanntschaft
Nach und nach in uns holde Gewohnheit ersproß,
Freundschaft sich mit Macht aus unserm Innern enthüllte,
Und wie Amor zuletzt Blüten und Früchte gezeugt.
Denke, wie mannigfach bald diese, bald jene Gestalten,
Still entfaltend, Natur unsern Gefühlen geliehn,
Freue dich auch des heutigen Tags! Die heilige Liebe
Strebt zu der höchsten Frucht gleicher Gesinnungen auf,
Gleicher Ansicht der Dinge, damit in harmonischem Anschaun
Sich verbinde das Paar, finde die höhere Welt.

IM VORÜBERGEHN

Ich ging im Felde
So für mich hin,
Und nichts zu suchen,
Das war mein Sinn.

Da stand ein Blümchen
Sogleich so nah,
Daß ich im Leben
Nichts lieber sah.

Ich wollt es brechen,
da sagt' es schleunig:
Ich habe Wurzeln,
Die sind gar heimlich.

Im tiefen Boden
Bin ich gegründet;
Drum sind die Blüten
So schön geründet.

Ich kann nicht liebeln,
Ich kann nicht schranzen;
Mußt mich nicht brechen,
Mußt mich verpflanzen.

GEFUNDEN

Ich ging im Walde
So für mich hin,
Und nichts zu suchen,
Das war mein Sinn.

Im Schatten sah ich
Ein Blümchen stehn,
Wie Sterne leuchtend,
Wie Äuglein schön.

Ich wollt es brechen,
Da sagt' es fein:
Soll ich zum Welken
Gebrochen sein?

Ich grubs mit allen
Den Würzlein aus,
Zum Garten trug ichs
Am hübschen Haus.

Und pflanzt es wieder
Am stillen Ort;
Nun zweigt es immer
Und blüht so fort.

Das Beet, schon lockert
Sichs in die Höh,
Da wanken Glöckchen
So weiß wie Schnee;
Safran entfaltet
Gewaltge Glut,
Smaragden keimt es
Und keimt wie Blut.
Primeln stolzieren
So naseweis,
Schalkhafte Veilchen,
Versteckt mit Fleiß;
Was auch noch alles
Da regt und webt –
Genug, der Frühling,
Er wirkt und lebt.
Doch was im Garten
Am reichsten blüht,
Das ist des Liebchens
Lieblich Gemüt.
Da glühen Blicke
Mir immerfort,
Erregend Liedchen,
Erheiternd Wort;
Ein immer offen,
Ein Blütenherz,
Im Ernste freundlich

Und rein im Scherz.
Wenn Ros und Lilie
Der Sommer bringt,
Er doch vergebens
Mit Liebchen ringt.

DEN 6. JUNI 1816

Du versuchst, o Sonne, vergebens,
Durch die düstren Wolken zu scheinen!
Der ganze Gewinn meines Lebens
Ist, ihren Verlust zu beweinen.

BETTINA

ANNA ELISABETH BRENTANO

1788–1859

Goethe an Bettina, 1808 Januar 9:
Adieu, mein artig Kind! Schreiben Sie bald, daß ich wieder was zu übersetzen habe.

Goethe zum Kanzler v. Müller, 1827 September 23: Was sie [Bettina] in früheren Jahren sehr gut gekleidet, die halb Mignon-, halb Gurli-Maske nimmt sie jetzt nur als Gaukelei vor, um ihre List und Schelmerei zu verbergen. Das italienische Blut in ihr hat freilich die Mignon aufs lebhafteste auffassen müssen. Solche problematische Charaktere aber interessieren mich immer, um so mehr, je schwieriger es mir wird, sie zu erklären und zu entziffern.

Du siehst so ernst, Geliebter! Deinem Bilde
Von Marmor hie möcht ich dich wohl vergleichen:
Wie dieses gibst du mir kein Lebenszeichen.
Mit dir verglichen zeigt der Stein sich milde.

Der Feind verbirgt sich hinter seinem Schilde,
Der Freund soll offen seine Stirn uns reichen.
Ich suche dich, du suchst mir zu entweichen;
Doch halte stand, wie dieses Kunstgebilde.

An wen von beiden soll ich nun mich wenden?
Sollt ich von beiden Kälte leiden müssen?
Da dieser tot und du lebendig heißest.

Kurz! um der Worte mehr nicht zu verschwenden,
So will ich diesen Stein so lange küssen,
Bis eifersüchtig du mich ihm entreißest.

MÄCHTIGES ÜBERRASCHEN

Ein Strom entrauscht umwölktem Felsensaale,
Dem Ozean sich eilig zu verbinden;
Was auch sich spiegeln mag von Grund zu Gründen,
Er wandelt unaufhaltsam fort zu Tale.

Dämonisch aber stürzt mit einem Male –
Ihr folgen Berg und Wald in Wirbelwinden –

Sich Oreas, Behagen dort zu finden,
Und hemmt den Lauf, begrenzt die weite Schale.

Die Welle sprüht, und staunt zurück und weichet,
Und schwillt bergan, sich immer selbst zu trinken;
Gehemmt ist nun zum Vater hin das Streben.

Sie schwankt und ruht, zum See zurückgedeichet;
Gestirne, spiegelnd sich, beschaun das Blinken
Des Wellenschlags am Fels, ein neues Leben.

JÄHE TRENNUNG

[Bettina spricht:]
War unersättlich nach viel tausend Küssen –
Und mußt mit einem Kuß am Ende scheiden.
Nach herber Trennung tiefempfundnem Leiden
War mir das Ufer, dem ich mich entrissen,

Mit Wohnungen, mit Bergen, Hügeln, Flüssen,
Solang ichs deutlich sah, ein Schatz der Freuden;
Zuletzt im Blauen blieb ein Augenweiden
An fernentwichnen lichten Finsternissen.

Und endlich, als das Meer den Blick umgrenzte,
Fiel mir zurück ins Herz mein heiß Verlangen;
Ich suchte mein Verlornes gar verdrossen.

Da war es gleich, als ob der Himmel glänzte;
Mir schien, als wäre nichts mir, nichts entgangen,
Als hätt ich alles, was ich je genossen.

DIE LIEBENDE SCHREIBT

Ein Blick von deinen Augen in die meinen,
Ein Kuß von deinem Mund auf meinem Munde –
Wer davon hat, wie ich, gewisse Kunde,
Mag dem was anders wohl erfreulich scheinen?

Entfernt von dir, entfremdet von den Meinen,
Führ ich stets die Gedanken in die Runde,
Und immer treffen Sie auf jene Stunde,
Die einzige; da fang ich an, zu weinen.

Die Träne trocknet wieder unversehens:
Er liebt ja, denk ich, her in diese Stille –
Und solltest du nicht in die Ferne reichen?

Vernimm das Lispeln dieses Liebewehens;
Mein einzig Glück auf Erden ist dein Wille,
Dein freundlicher, zu mir – gib mir ein Zeichen!

DIE LIEBENDE ABERMALS

Warum ich wieder zum Papier mich wende?
Das mußt du, Liebster, so bestimmt nicht fragen:
Denn eigentlich hab ich dir nichts zu sagen;
Doch kommts zuletzt in deine lieben Hände.

Weil ich nicht kommen kann, soll, was ich sende,
Mein ungeteiltes Herz hinüber tragen
Mit Wonnen, Hoffnungen, Entzücken, Plagen:
Das alles hat nicht Anfang, hat nicht Ende.

Ich mag vom heutgen Tag dir nichts vertrauen,
Wie sich im Sinnen, Wünschen, Wähnen, Wollen
Mein treues Herz zu dir hinüber wendet.

So stand ich einst vor dir, dich anzuschauen,
Und sagte nichts. Was hätt ich sagen sollen?
Mein ganzes Wesen war in sich vollendet.

SIE KANN NICHT ENDEN

Wenn ich nun gleich das weiße Blatt dir schickte:
Anstatt daß ichs mit Lettern erst beschreibe,
Ausfülltest dus vielleicht zum Zeitvertreibe
Und sendetests an mich, die Hochbeglückte.

Wenn ich den blauen Umschlag dann erblickte,
Neugierig schnell, wie es geziemt dem Weibe,
Riß ich ihn auf, daß nichts verborgen bleibe;
Da läs ich, was mich mündlich sonst entzückte:

Lieb Kind! Mein artig Herz! Mein einzig Wesen!
Wie du so freundlich meine Sehnsucht stilltest
Mit süßem Wort und mich so ganz verwöhntest.

Sogar dein Lispeln glaubt ich auch zu lesen,
Womit du liebend meine Seele fülltest
Und mich auf ewig vor mir selbst verschöntest.

MINCHEN

CHRISTIANE FRIEDERIKE WILHELMINE HERZLIEB

1789–1865

Goethe an seine Frau, 1812 November 6, Jena: Gestern abend habe ich auch Minchen wiedergesehn. Ich überließ es dem Zufall, wie ich mit ihr zusammenkommen sollte. Der hat sich auch recht artig erwiesen, und es war eben recht. Sie ist nun eben um ein paar Jahre älter. An Gestalt und Betragen usw. aber immer noch so hübsch und so artig, daß ich mir gar nicht übelnehme, sie einmal mehr als billig geliebt zu haben.

Goethe an Zelter, 1813 Januar 15: Herrn Pfund hab ich gern und freundlich, obgleich nur kurze Zeit, gesehn ... Seine Braut fing ich an als Kind von acht Jahren zu lieben und in ihrem sechzehnten liebte ich sie mehr wie billig.

FREUNDLICHES BEGEGNEN

Im weiten Mantel bis ans Kinn verhüllet,
Ging ich den Felsenweg, den schroffen, grauen,
Hernieder dann zu winterhaften Auen,
Unruhgen Sinns, zur nahen Flucht gewillet.

Auf einmal schien der neue Tag enthüllet:
Ein Mädchen kam, ein Himmel anzuschauen,
So musterhaft wie jene lieben Frauen
Der Dichterwelt. Mein Sehnen war gestillet.

Doch wandt ich mich hinweg und ließ sie gehen
Und wickelte mich enger in die Falten,
Als wollt ich trutzend in mir selbst erwarmen –

Und folgt ihr doch. Ich stand. Da wars geschehen!
In meiner Hülle konnt ich mich nicht halten,
Die warf ich weg – Sie lag in meinen Armen.

WACHSENDE NEIGUNG

Als kleines artges Kind nach Feld und Auen
Sprangst du mit mir, so manchen Frühlingsmorgen.
»Für solch ein Töchterchen, mit holden Sorgen,
Möcht ich als Vater segnend Häuser bauen!«

Und als du anfingst, in die Welt zu schauen,
War deine Freude häusliches Besorgen.
»Solch eine Schwester! und ich wär geborgen:
Wie könnt ich ihr, ach! wie sie mir vertrauen!«

Nun kann den schönen Wachstum nichts beschränken;
Ich fühl im Herzen heißes Liebetoben.
Umfaß ich sie, die Schmerzen zu beschwichtgen?

Doch ach! nun muß ich dich als Fürstin denken:
Du stehst so schroff vor mir emporgehoben;
Ich beuge mich vor deinem Blick, dem flüchtgen.

NEMESIS

Wenn durch das Volk die grimme Seuche wütet,
Soll man vorsichtig die Gesellschaft lassen.
Auch hab ich oft mit Zaudern und Verpassen
Vor manchen Influenzen mich gehütet.

Und obgleich Amor öfters mich begütet,
Mocht ich zuletzt mich nicht mit ihm befassen.
So ging mirs auch mit jenen Lacrimassen,
Als vier- und dreifach reimend sie gebrütet.

Nun aber folgt die Strafe dem Verächter,
Als wenn die Schlangenfackel der Erinnen
Von Berg zu Tal, von Land zu Meer ihn triebe.

Ich höre wohl der Genien Gelächter;
Doch trennet mich von jeglichem Besinnen
Sonettenwut und Raserei der Liebe.

Die Zweifelnden

Ihr liebt, und schreibt Sonette! Weh der Grille!
Die Kraft des Herzens, sich zu offenbaren,
Soll Reime suchen, sie zusammenpaaren –
Ihr Kinder, glaubt, ohnmächtig bleibt der Wille.

Ganz ungebunden spricht des Herzens Fülle
Sich kaum noch aus: sie mag sich gern bewahren,
Dann Stürmen gleich durch alle Saiten fahren,
Dann wieder senken sich zu Nacht und Stille.

Was quält ihr euch und uns, auf jähem Stege
Nur Schritt vor Schritt den lästgen Stein zu wälzen,
Der rückwärts lastet, immer neu zu mühen?

Die Liebenden

Im Gegenteil, wir sind auf rechtem Wege!
Das Allerstarrste freudig aufzuschmelzen,
Muß Liebesfeuer allgewaltig glühen.

Mädchen

Ich zweifle doch am Ernst verschränkter Zeilen!
Zwar lausch ich gern bei deinen Silbespielen,
Allein mir scheint: was Herzen redlich fühlen,
Mein süßer Freund, das soll man nicht befeilen.

Der Dichter pflegt, um nicht zu langeweilen,
Sein Innerstes von Grund aus umzuwühlen;
Doch seine Wunden weiß er auszukühlen,
Mit Zauberwort die tiefsten auszuheilen.

Dichter

Schau, Liebchen, hin! Wie gehts dem Feuerwerker?
Drauf ausgelernt, wie man nach Maßen wettert,
Irrgänglich-klug miniert er seine Grüfte;

Allein die Macht des Elements ist stärker,
Und eh er sichs versieht, geht er zerschmettert
Mit allen seinen Künsten in die Lüfte.

CHARADE

Zwei Worte sind es, kurz, bequem zu sagen,
Die wir so oft mit holder Freude nennen,
Doch keineswegs die Dinge deutlich kennen,
Wovon sie eigentlich den Stempel tragen.

Es tut gar wohl in jung' und alten Tagen,
Eins an dem andern kecklich zu verbrennen;
Und kann man sie vereint zusammen nennen,
So drückt man aus ein seliges Behagen.

Nun aber such ich ihnen zu gefallen
Und bitte, mit sich selbst mich zu beglücken;
Ich hoffe still, doch hoff ichs zu erlangen:

Als Namen der Geliebten sie zu lallen,
In einem Bild sie beide zu erblicken,
In einem Wesen beide zu umfangen.

GEWÖHNUNG

Sollt ich mich denn so ganz an sie gewöhnen?
Das wäre mir zuletzt doch reine Plage.
Darum versuch ichs gleich am heutgen Tage
Und nahe nicht dem vielgewohnten Schönen.

Wie aber mag ich dich, mein Herz, versöhnen,
Daß ich im wichtgen Fall dich nicht befrage?
Wohlan! Komm her! Wir äußern unsre Klage
In liebevollen, traurig heitern Tönen.

Siehst du, es geht! Des Dichters Wink gewärtig,
Melodisch klingt die durchgespielte Leier,
Ein Liebesopfer traulich darzubringen.

Du denkst es kaum, und sieh, das Lied ist fertig!
Allein was nun? – Ich dächt: im ersten Feuer
Wir eilten hin, es vor ihr selbst zu singen.

WARNUNG

Am Jüngsten Tag, wenn die Posaunen schallen
Und alles aus ist mit dem Erdeleben,
Sind wir verpflichtet, Rechenschaft zu geben
Von jedem Wort, das unnütz uns entfallen.

Wie wirds nun werden mit den Worten allen,
In welchen ich so liebevoll mein Streben
Um deine Gunst dir an den Tag gegeben,
Wenn diese bloß an deinem Ohr verhallen?

Darum bedenk, o Liebchen, dein Gewissen!
Bedenk im Ernst, wie lange du gezaudert,
Daß nicht der Welt solch Leiden widerfahre.

Werd ich berechnen und entschuldgen müssen,
Was alles unnütz ich vor dir geplaudert,
So wird der Jüngste Tag zum vollen Jahre.

EPOCHE

Mit Flammenschrift war innigst eingeschrieben
Petrarcas Brust vor allen andern Tagen
Karfreitag. Ebenso, ich darfs wohl sagen,
Ist mir Advent von Achtzehnhundertsieben.

Ich fing nicht an, ich fuhr nur fort zu lieben
Sie, die ich früh im Herzen schon getragen,
Dann wieder weislich aus dem Sinn geschlagen,
Der ich nun wieder bis ans Herz getrieben.

Petrarcas Liebe, die unendlich hohe,
War leider unbelohnt und gar zu traurig,
Ein Herzensweh, ein ewiger Karfreitag.

Doch stets erscheine, fort und fort, die frohe,
Süß, unter Palmenjubel, wonneschaurig,
Der Herrin Ankunft mir, ein ewger Maitag.

CHRISTGESCHENK

Mein süßes Liebchen! Hier in Schachtelwänden
Gar mannigfalt geformte Süßigkeiten.
Die Früchte sind es heilger Weihnachtszeiten,
Gebackne nur, den Kindern auszuspenden.

Dir möcht ich dann mit süßem Redewenden
Poetisch Zuckerbrot zum Fest bereiten;
Allein was solls mit solchen Eitelkeiten?
Weg den Versuch, mit Schmeichelei zu blenden!

Doch gibt es noch ein Süßes, das vom Innern
Zum Innern spricht, genießbar in der Ferne:
Das kann nur bis zu dir hinüber wehen.

Und fühlst du dann ein freundliches Erinnern,
Als blinkten froh dir wohlbekannte Sterne,
Wirst du die kleinste Gabe nicht verschmähen.

ENTSAGEN

Entwöhnen sollt ich mich vom Glanz der Blicke,
Mein Leben sollten sie nicht mehr verschönen.
Was man Geschick nennt, läßt sich nicht versöhnen –
Ich weiß es wohl, und trat bestürzt zurücke.

Nun wußt ich auch von keinem weitern Glücke;
Gleich fing ich an, von diesen und von jenen
Notwendgen Dingen sonst mich zu entwöhnen:
Notwendig schien mir nichts als ihre Blicke.

Des Weines Glut, den Vielgenuß der Speisen,
Bequemlichkeit und Schlaf und sonstge Gaben,
Gesellschaft wies ich weg, daß wenig bliebe.

So kann ich ruhig durch die Welt nun reisen:
Was ich bedarf, ist überall zu haben,
Und Unentbehrliches bring ich mit – die Liebe.

AN FRÄULEIN WILHELMINE HERZLIEB

[Eintrag in ein Exemplar von ›Goethes Gedichte‹, Stuttgart und Tübingen 1815.]

Wenn Kranz auf Kranz den Tag umwindet,
Sei dieser auch Ihr zugewandt,
Und wenn Sie hier Bekannte findet,
So hat Sie sich vielleicht erkannt.

SULEIKA

MARIA ANNA KATHARINA THERESIA

V. WILLEMER, GEB. JUNG

1784–1860

Hast mir dies Buch geweckt, du hasts gegeben;
Denn was ich froh, aus vollem Herzen sprach,
das klang zurück aus deinem holden Leben,
Wie Blick dem Blick, so Reim dem Reime nach.
(Behramgur, sagt man, hat den Reim erfunden, Vers 9/12.)

Sing mir die Lieder an Suleika vor:
Denn weiter wirst dus doch im Paradies nicht bringen.
(Wieder einen Finger schlägst du mir ein, Vers 17/8.)

Myrt und Lorbeer hatten sich verbunden;
Mögen sie vielleicht getrennt erscheinen,
Wollen sie, gedenkend selger Stunden,
Hoffnungsvoll sich abermals vereinen.

(Goethe an Marianne, 1823 Oktober 18, mit einem ineinander geschlungenen Myrten- und Lorbeer-Zweig als »Symbol eines wie Hatem und Suleika in Liebe und Dichtung wetteifernden Paares«, unter Beziehung auf S. 279 der »Beiträge zur Poesie mit besonderer Hinweisung auf Goethe« von J. P. Eckermann; hier nämlich führt Eckermann das von Goethe in den ›West-östlichen Divan‹ aufgenommene Lied *Mariannens* »Ach! um deine feuchten Schwingen« als ein Musterr an: wie »der Charakter des Geistes bis auf Wort und Klang ausgeprägt werden müsse«, und »daß *Goethe* auch in der äußersten Ausprägung des Charakters durch Töne und Bewegung der Sprache so musterhaft ist«.)

Ich besänftge mein Herz, mit süßer Hoffnung ihm schmeichelnd.
Eng ist das Leben fürwahr, aber die Hoffnung ist weit.

Ists möglich, daß ich, Liebchen, dich kose,
Vernehme der göttlichen Stimme Schall!
Unmöglich scheint immer die Rose,
Unbegreiflich die Nachtigall!

GUTER TAG

Die Welt durchaus ist lieblich anzuschauen,
Vorzüglich aber schön die Welt der Dichter;
Auf bunten, hellen oder silbergrauen
Gefilden, Tag und Nacht, erglänzen Lichter.
Heut ist mir alles herrlich; wenns nur bliebe!
Ich sehe heut durchs Augenglas der Liebe.

TULBEND

Komm, Liebchen, komm! umwinde mir die Mütze!
Aus deiner Hand nur ist der Tulbend schön.
Hat Abbas doch, auf Irans höchstem Sitze,
Sein Haupt nicht zierlicher umwinden sehn!

Ein Tulbend war das Band, das Alexandern
In Schleifen schön vom Haupte fiel,
Und allen Folgeherrschern, jenen andern,
Als Königszierde wohlgefiel.

Ein Tulbend ists, der unsern Kaiser schmücket;
Sie nennens Krone. Name geht wohl hin!
Juwel und Perle! sei das Aug entzücket!
Der schönste Schmuck ist stets der Musselin.

Und diesen hier, ganz rein und silberstreifig,
Umwinde, Liebchen, um die Stirn umher.
Was ist denn Hoheit? Mir ist sie geläufig!
Du schaust mich an, ich bin so groß als Er.

Hätt ich irgend wohl Bedenken,
Balch, Bochara, Samarkand,
Süßes Liebchen, dir zu schenken,
Dieser Städte Rausch und Tand?

Aber frag einmal den Kaiser,
Ob er dir die Städte gibt?
Er ist herrlicher und weiser;
Doch er weiß nicht, wie man liebt.

Herrscher, zu dergleichen Gaben
Nimmermehr bestimmst du dich!
Solch ein Mädchen muß man haben
Und ein Bettler sein wie ich.

ABRAXAS

Süßes Kind, die Perlenreihen,
Wie ich irgend nur vermochte,
Wollte traulich dir verleihen,
Als der Liebe Lampendochte.

Und nun kommst du, hast ein Zeichen
Dran gehängt, das, unter allen
Den Abraxas seinesgleichen,
Mir am schlechtsten will gefallen.

Diese ganz moderne Narrheit
Magst du mir nach Schiras bringen!
Soll ich wohl, in seiner Starrheit,
Hölzchen quer auf Hölzchen singen?

Abraham, den Herrn der Sterne,
hat er sich zum Ahn erlesen;
Moses ist, in wüster Ferne,
Durch den Einen groß gewesen.

David auch, durch viel Gebrechen,
Ja Verbrechen durch gewandelt,
Wußte doch sich loszusprechen:
Einem hab ich recht gehandelt.

Jesus fühlte rein und dachte
Nur den Einen Gott im stillen;
Wer ihn selbst zum Gotte machte,
Kränkte seinen heilgen Willen.

Und so muß das Rechte scheinen,
Was auch Mahomet gelungen;
Nur durch den Begriff des Einen
Hat er alle Welt bezwungen.

Wenn du aber dennoch Huldgung
Diesem leidgen Ding verlangest,
Diene mir es zur Entschuldgung,
Daß du nicht alleine prangest. –

Doch allein! – Da viele Frauen
Salomonis ihn verkehrten,
Götter betend anzuschauen,
Wie die Närrinnen verehrten –

Isis' Horn, Anubis' Rachen
Boten sie dem Judenstolze,
Mir willst du zum Gotte machen
Solch ein Jammerbild am Holze!

Und ich will nicht besser scheinen,
Als es sich mit mir eräugnet,
Salomo verschwur den seinen,
Meinen Gott hab ich verleugnet.

Laß die Renegatenbürde
Mich in diesem Kuß verschmerzen:
Denn ein Vitzliputzli würde
Talismann an Deinem Herzen.

ALLGEGENWÄRTIGE

In tausend Formen magst du dich verstecken,
Doch, Allerliebste, gleich erkenn ich dich;
Du magst mit Zauberschleiern dich bedecken,
Allgegenwärtige, gleich erkenn ich dich.

An der Zypresse reinstem, jungem Streben,
Allschöngewachsne, gleich erkenn ich dich;
In des Kanales reinem Wellenleben,
Allschmeichelhafte, wohl erkenn ich dich.

Wenn steigend sich der Wasserstrahl entfaltet,
Allspielende, wie froh erkenn ich dich;
Wenn Wolke sich gestaltend umgestaltet,
Allmannigfaltige, dort erkenn ich dich.

An des geblümten Schleiers Wiesenteppich,
Allbuntbesternte, schön erkenn ich dich;
Und greift umher ein tausendarmger Eppich,
O Allumklammernde, da kenn ich dich.

Wenn am Gebirg der Morgen sich entzündet,
Gleich, Allerheiternde, begrüß ich dich;
Dann über mir der Himmel rein sich ründet,
Allherzerweiternde, dann atm ich dich.

Was ich mit äußerm Sinn, mit innerm kenne,
Du Allbelehrende, kenn ich durch dich;
Und wenn ich Allahs Namenhundert nenne,
Mit jedem klingt ein Name nach für dich.

KAISERGABEN

Nur wenig ists, was ich verlange,
Weil eben alles mir gefällt,
Und dieses wenige, wie lange,
Gibt mir gefällig schon die Welt!

Oft sitz ich heiter in der Schenke
Und heiter im beschränkten Haus;
Allein sobald ich dein gedenke,
Dehnt sich mein Geist erobernd aus.

Dir sollten Timurs Reiche dienen,
Gehorchen sein gebietend Heer,
Badakschan zollte dir Rubinen,
Türkise das Hyrkanische Meer.

Getrocknet honigsüße Früchte
Von Bochara, dem Sonnenland,
Und tausend liebliche Gedichte
Auf Seidenblatt von Samarkand.

Da solltest du mit Freude lesen,
Was ich von Ormus dir verschrieb,
Und wie das ganze Handelswesen
Sich nur bewegte dir zulieb;

Wie in dem Lande der Brahmanen
Viel tausend Finger sich bemüht,
Daß alle Pracht der Indostanen
Für dich auf Woll und Seide blüht;

Ja, zu Verherrlichung der Lieben,
Gießbäche Soumelpours durchwühlt,
Aus Erde, Grus, Gerill, Geschieben
Dir Diamanten ausgespült;

Wie Taucherschar verwegner Männer
Der Perle Schatz dem Golf entriß,
Darauf ein Divan scharfer Kenner
Sie dir zu reihen sich befliß.

Wenn nun Vassora noch das Letzte,
Gewürz und Weihrauch, beigetan,
Bringt alles, was die Welt ergetzte,
Die Karawane dir heran.

Doch alle diese Kaisergüter
Verwirrten doch zuletzt den Blick;
Und wahrhaft liebende Gemüter
Eins nur im andern fühlt sein Glück.

LIEBCHEN BENAMST

Daß Suleika in Jussuph vernarrt war,
Ist keine Kunst;
Er war jung, Jugend hat Gunst,
Er war schön, sie sagen: zum Entzücken,
Schön war sie, konnten einander beglücken.
Aber daß du, die so lange mir erharrt war,
Feurige Jugendblicke mir schickst,
Jetzt mich liebst, mich später beglückst,
Das sollen meine Lieder preisen:
Sollst mir ewig Suleika heißen.

DICHTER BENAMST

Da du nun Suleika heißest,
Sollt ich auch benamst sein.
Wenn du deinen Geliebten preisest,
Hatem! soll der Name sein.
Nur daß man mich daran erkennet,
Keine Anmaßung soll es sein:
Wer sich Sankt-Georgenritter nennet,
Denkt nicht gleich Sankt Georg zu sein.
Nicht Hatem Thai, nicht der alles Gebende
Kann ich in meiner Armut sein;
Hatem Zograi nicht, der reichlichst Lebende
Von allen Dichtern, möcht ich sein:
Aber beide doch im Auge zu haben,
Es wird nicht ganz verwerflich sein;
Zu nehmen, zu geben des Glückes Gaben,
Wird immer ein groß Vergnügen sein.
Sich liebend aneinander zu laben,
Wird Paradieses Wonne sein.

NACHTGESPENSTER

Mitternachts weint und schluchzt ich,
Weil ich dein entbehrte.
Da kamen Nachtgespenster,
Und ich schämte mich.

Nachtgespenster, sagt ich,
Schluchzend und weinend
Findet ihr mich, dem ihr sonst
Schlafendem vorüberzogt.
Große Güter vermiss ich.
Denkt nicht schlimmer von mir,
Den ihr sonst weise nanntet;
Großes Übel betrifft ihn! –
Und die Nachtgespenster
Mit langen Gesichtern
Zogen vorbei,
Ob ich weise oder törig,
Völlig unbekümmert.

HUDHUD

O wie selig ward mir!
Im Lande wandl ich,
Wo Hudhud über den Weg läuft.
Des alten Meeres Muscheln,
Im Stein sucht ich die versteinten;
Hudhud lief einher,
Die Krone entfaltend;
Stolzierte, neckischer Art,
Über das Tote scherzend,
Der Lebendge.
Hudhud, sagt ich, fürwahr!

Ein schöner Vogel bist du.
Eile doch, Wiedehopf!
Eile, der Geliebten
Zu verkünden, daß ich ihr
Ewig angehöre.
Hast du doch auch
Zwischen Salomo
Und Sabas Königin
Ehmals den Kuppler gemacht!

ROSENÖL

Dir mit Wohlgeruch zu kosen,
Deine Freuden zu erhöhn,
Knospend müssen tausend Rosen
Erst in Gluten untergehn.

Um ein Fläschchen zu besitzen,
Das den Ruch auf ewig hält,
Schlank wie deine Fingerspitzen,
Da bedarf es einer Welt;

Einer Welt von Lebenstrieben,
Die, in ihrer Fülle Drang,
Ahndeten schon Bulbuls Lieben,
Seeleregenden Gesang.

Sollte jene Qual uns quälen?
Da sie unsre Lust vermehrt.
Hat nicht Myriaden Seelen
Timurs Herrschaft aufgezehrt!

LOCKEN

Voll Locken kraus ein Haupt so rund! –
Und darf ich dann in solchen reichen Haaren
Mit vollen Händen hin und wider fahren,
Da fühl ich mich von Herzensgrund gesund.
Und küss ich Stirne, Bogen, Auge, Mund,
Dann bin ich frisch und immer wieder wund.
Der fünfgezackte Kamm, wo sollt er stocken?
Er kehrt schon wieder zu den Locken.
Das Ohr versagt sich nicht dem Spiel,
Hier ist nicht Fleisch, hier ist nicht Haut,
So zart zum Scherz, so liebeviel!
Doch wie man auf dem Köpfchen kraut,
Man wird in solchen reichen Haaren
Für ewig auf und nieder fahren.
So hast du, Hafis, auch getan,
Wir fangen es von vornen an.

»Wie irrig wähnest du,
Aus Liebe gehöre das Mädchen dir zu.
Das könnte mich nun gar nicht freuen,
Sie versteht sich auf Schmeicheleien.«

Ich bin zufrieden, daß ichs habe!
Mir diene zur Entschuldigung:
Liebe ist freiwillige Gabe,
Schmeichelei Huldigung.

Nicht Gelegenheit macht Diebe,
Sie ist selbst der größte Dieb:
Denn sie stahl den Rest der Liebe,
Der mir noch im Herzen blieb.

Dir hat sie ihn übergeben,
Meines Wertes Vollgewinn,
Daß ich nun, verarmt, mein Leben
Nur von dir gewärtig bin.

Doch ich sehe schon Erbarmen
Im Karfunkel deines Blicks
Und erfreu in deinen Armen
Mich erneuerten Geschicks.

SULEIKA

*Als ich auf dem Euphrat schiffte,
Streifte sich der goldne Ring
Fingerab in Wasserklüfte,
Den ich jüngst von dir empfing.*

*Also träumt ich. Morgenröte
Blitzt' ins Auge durch den Baum.
Sag, Poete, sag, Prophete!
Was bedeutet dieser Traum?*

HATEM

*Dies zu deuten, bin erbötig!
Hab ich dir nicht oft erzählt,
Wie der Doge von Venedig
Mit dem Meere sich vermählt?*

*So von deinen Fingergliedern
Fiel der Ring dem Euphrat zu.
Ach, zu tausend Himmelsliedern,
Süßer Traum, begeisterst du.*

*Mich, der von den Indostanen
Streifte bis Damaskus hin,*

Um mit neuen Karawanen
Bis ans Rote Meer zu ziehn,

Mich vermählst du deinem Flusse,
Der Terrasse, diesem Hain;
Hier soll bis zum letzten Kusse
Dir mein Geist gewidmet sein.

Die schön geschriebenen,
Herrlich umgüldeten,
Belächeltest du,
Die anmaßlichen Blätter;
Verziehst mein Prahlen
Von deiner Lieb und meinem
Durch dich glücklichen Gelingen,
Verziehst anmutigem Selbstlob.

Selbstlob! Nur dem Neide stinkts,
Wohlgeruch Freunden
Und eignem Schmack!

Freude des Daseins ist groß,
Größer die Freud am Dasein.
Wenn du, Suleika,
Mich überschwenglich beglückst,
Deine Leidenschaft mir zuwirfst,
Als wärs ein Ball,

Daß ich ihn fange,
Dir zurückwerfe
Mein gewidmetes Ich:
Das ist ein Augenblick!
Und dann reißt mich von dir
Bald der Franke, bald der Armenier.

Aber Tage währts,
Jahre dauerts, daß ich neu erschaffe
Tausendfältig deiner Verschwendungen Fülle,
Auftrösle die bunte Schnur meines Glücks,
Geklöpplet tausendfadig
Von dir, o Suleika!

Hier nun dagegen
Dichtrische Perlen,
Die mir deiner Leidenschaft
Gewaltige Brandung
Warf an des Lebens
Verödeten Strand aus.

Mit spitzen Fingern
Zierlich gelesen,
Durchreiht mit juwelenem
Goldschmuck.
Nimm sie an deinen Hals,
An deinen Busen!
Die Regentropfen Allahs,
Gereift in bescheidener Muschel.

GEHEIMSCHRIFT

Laßt euch, o Diplomaten,
Recht angelegen sein
Und eure Potentaten
Beratet rein und fein!
Geheimer Chiffern Sendung
Beschäftige die Welt,
Bis endlich jede Wendung
Sich selbst ins Gleiche stellt.

Mir von der Herrin süße
Die Chiffer ist zur Hand,
Woran ich schon genieße,
Weil sie die Kunst erfand.
Es ist die Liebesfülle
Im lieblichsten Revier,
Der holde, treue Wille,
Wie zwischen mir und ihr.

Von abertausend Blüten
Ist es ein bunter Strauß,
Von englischen Gemüten
Ein vollbewohntes Haus;
Von buntesten Gefiedern
Der Himmel übersät,
Ein klingend Meer von Liedern,
Geruchvoll überweht.

Ist unbedingten Strebens
Geheime Doppelschrift,
Die in das Mark des Lebens
Wie Pfeil um Pfeile trifft.
Was ich euch offenbaret,
War längst ein frommer Brauch,
Und wenn ihr es gewahret,
So schweigt und nutzt es auch.

Suleika

Die Sonne kommt! Ein Prachterscheinen!
Der Sichelmond umklammert sie.
Wer konnte solch ein Paar vereinen?
Dies Rätsel, wie erklärt sichs? wie?

Hatem

Der Sultan konnt es, er vermählte
Das allerhöchste Weltenpaar,
Um zu bezeichnen Auserwählte,
Die Tapfersten der treuen Schar.

Auch seis ein Bild von unsrer Wonne!
Schon seh ich wieder mich und dich,
Du nennst mich, Liebchen, deine Sonne,
Komm, süßer Mond, umklammre mich!

Suleika

Sag, du hast wohl viel gedichtet?
Hin und her dein Lied gerichtet? –
Schön geschrieben, deine Hand,
Prachtgebunden, goldgerändet,
Bis auf Punkt und Strich vollendet,
Zierlich lockend, manchen Band.
Stets, wo du sie hingewendet,
Wars gewiß ein Liebespfand!

Hatem

Ja! von mächtig holden Blicken,
Wie von lächlendem Entzücken
Und von Zähnen blendend klar,
Moschusduftend Locken-Schlangen,
Hals und Busen reizumhangen,
Tausendfältige Gefahr!
Denke nun, wie von so langem
Prophezeit Suleika war.

Suleika

An des lustgen Brunnens Rand,
Der in Wasserfäden spielt,
Wußt ich nicht, was fest mich hielt;
Doch da war von deiner Hand
Meine Chiffer leis gezogen,
Nieder blickt ich, dir gewogen.

Hier, am Ende des Kanals
Der gereihten Hauptallee,
Blick ich wieder in die Höh,
Und da seh ich abermals
Meine Lettern fein gezogen:
Bleibe! bleibe mir gewogen!

Hatem

Möge Wasser springend, wallend
Die Zypressen dir gestehn:
Von Suleika zu Suleika
Ist mein Kommen und mein Gehn.

Ist es möglich, Stern der Sterne,
Drück ich wieder dich ans Herz!
Ach! was ist die Nacht der Ferne
Für ein Abgrund, für ein Schmerz.
Ja, du bist es, meiner Freuden
Süßer, lieber Widerpart;
Eingedenk vergangner Leiden,
Schaudr ich vor der Gegenwart.

Als die Welt im tiefsten Grunde
Lag an Gottes ewger Brust,
Ordnet' er die erste Stunde
Mit erhabner Schöpfungslust,

Und er sprach das Wort: Es werde!
Da erklang ein schmerzlich Ach!
Als das All mit Machtgebärde
In die Wirklichkeiten brach.

Auf tat sich das Licht! sich trennte
Scheu die Finsternis von ihm,
Und sogleich die Elemente
Scheidend auseinander fliehn.
Rasch, in wilden, wüsten Träumen
Jedes nach der Weite rang,
Starr, in ungemeßnen Räumen,
Ohne Sehnsucht, ohne Klang.

Stumm war alles, still und öde,
Einsam Gott zum erstenmal!
Da erschuf er Morgenröte,
Die erbarmte sich der Qual;
Sie entwickelte dem Trüben
Ein erklingend Farbenspiel,
Und nun konnte wieder lieben,
Was erst auseinander fiel.

Und mit eiligem Bestreben
Sucht sich, was sich angehört;
Und zu ungemeßnem Leben
Ist Gefühl und Blick gekehrt.
Seis Ergreifen, sei es Raffen,
Wenn es nur sich faßt und hält!

Allah braucht nicht mehr zu schaffen,
Wir erschaffen seine Welt.

So, mit morgenroten Flügeln,
Riß es mich an deinen Mund,
Und die Nacht mit tausend Siegeln
Kräftigt sternenhell den Bund.
Beide sind wir auf der Erde
Musterhaft in Freud und Qual,
Und ein zweites Wort: Es werde!
Trennt uns nicht zum zweitenmal.

An vollen Büschelzweigen,
Geliebte, sieh nur hin!
Laß dir die Früchte zeigen,
Umschalet stachlicht-grün.

Sie hängen längst geballet,
Still, unbekannt mit sich;
Ein Ast, der schaukelnd wallet,
Wiegt sie geduldiglich.

Doch immer reift von innen
Und schwillt der braune Kern,
Er möchte Luft gewinnen
Und säh die Sonne gern.

Die Schale platzt, und nieder
Macht er sich freudig los;
So fallen meine Lieder
Gehäuft in deinen Schoß.

Lieb um Liebe, Stund um Stunde,
Wort um Wort und Blick um Blick;
Kuß um Kuß vom treusten Munde,
Hauch um Hauch und Glück um Glück.
So am Abend, so am Morgen!
Doch du fühlst an meinen Liedern
Immer noch geheime Sorgen;
Jussuphs Reize möcht ich borgen,
Deine Schönheit zu erwidern.

GINGO BILOBA

Dieses Baums Blatt, der von Osten
Meinem Garten anvertraut,
Gibt geheimen Sinn zu kosten,
Wie's den Wissenden erbaut.

Ist es Ein lebendig Wesen?
Das sich in sich selbst getrennt,
Sind es zwei? die sich erlesen,
Daß man sie als Eines kennt?

Solche Frage zu erwidern,
Fand ich wohl den rechten Sinn:
Fühlst du nicht an meinen Liedern,
Daß ich Eins und doppelt bin?

Suleika

Volk und Knecht und Überwinder,
Sie gestehn zu jeder Zeit:
Höchstes Glück der Erdenkinder
Sei nur die Persönlichkeit.

Jedes Leben sei zu führen,
Wenn man sich nicht selbst vermißt;
Alles könne man verlieren,
Wenn man bliebe, was man ist.

Hatem

Kann wohl sein! so wird gemeinet:
Doch ich bin auf andrer Spur:
Alles Erdenglück vereinet
Find ich in Suleika nur.

Wie sie sich an mich verschwendet,
Bin ich mir ein wertes Ich;
Hätte sie sich weggewendet,
Augenblicks verlör ich mich.

Nun mit Hatem wärs zu Ende;
Doch schon hab ich umgelost:
Ich verkörpre mich behende
In den Holden, den sie kost.

Wollte, wo nicht gar ein Rabbi,
Das will mir so recht nicht ein,
Doch Ferdusi, Motanabbi,
Allenfalls der Kaiser sein.

Deinem Blick mich zu bequemen,
Deinem Munde, deiner Brust,
Deine Stimme zu vernehmen,
War die letzt und erste Lust.

Gestern, ach! war sie die letzte,
Dann verlosch mir Leucht und Feuer;
Jeder Scherz, der mich ergetzte,
Wird nun schuldenschwer und teuer.

Eh es Allah nicht gefällt,
Uns aufs neue zu vereinen,
Gibt mir Sonne, Mond und Welt
Nur Gelegenheit zum Weinen.

Locken! haltet mich gefangen!
In dem Kreise des Gesichts.
Euch geliebten braunen Schlangen
Zu erwidern hab ich nichts.

Nur dies Herz; es ist von Dauer,
Schwillt in jugendlichstem Flor;
Unter Schnee und Nebelschauer
Rast ein Ätna dir hervor.

Du beschämst wie Morgenröte
Jener Gipfel ernste Wand,
Und noch einmal fühlet Hatem
Frühlingshauch und Sommerbrand.

Schenke her! Noch eine Flasche;
Diesen Becher bring ich ihr!
Findet sie ein Häufchen Asche,
Sagt sie: Der verbrannte mir.

Soll ich von Smaragden reden,
Die dein Finger niedlich zeigt?
Manchmal ist ein Wort vonnöten,
Oft ists besser, daß man schweigt.

Also sag ich, daß die Farbe
Grün und augerquicklich sei!
Sage nicht, daß Schmerz und Narbe
Zu befürchten nah dabei.

Immerhin, du magst es lesen!
Warum übst du solche Macht!
»So gefährlich ist dein Wesen,
Als erquicklich der Smaragd.«

Mir will es finster bleiben
Im vollsten Mondenlicht,
Ich mag nicht singen, schreiben,
Und trinken mag ich nicht.

Wenn sie mich an sich lockte,
War Rede nicht im Brauch,
Und wenn die Zunge stockte,
Stockt nun die Feder auch.

Nur zu! geliebter Schenke,
Den Becher fülle still.
Ich sage nur: Gedenke!
Man weiß schon, was ich will.

Ich möchte dieses Buch wohl gern zusammenschürzen,
Daß es den andern wäre gleich geschnürt.
Allein wie willst du Wort und Blatt verkürzen,
Wenn Liebeswahnsinn dich ins Weite führt?

Suleika

Kaum daß ich dich wiederhabe,
Dich mit Kuß und Liedern labe,
Bist du still in dich gekehret;
Was beengt? und druckt und störet?

Hatem

Ach, Suleika, soll ich sagen?
Statt zu loben: möcht ich klagen!
Sangest sonst nur meine Lieder,
Immer neu und immer wieder.

Sollte wohl auch diese loben,
Doch sie sind nur eingeschoben;
Nicht von Hafis, nicht Nisami,
Nicht Saadi, nicht von Dschami.

Kenn ich doch der Väter Menge,
Silb um Silbe, Klang um Klänge,
Im Gedächtnis unverloren;
Diese da sind neu geboren.

Gestern wurden sie gedichtet.
Sag, hast du dich neu verpflichtet?
Hauchest du so froh-verwegen
Fremden Atem mir entgegen!

Der dich ebenso belebet,
Ebenso in Liebe schwebet,
Lockend, ladend zum Vereine,
So harmonisch als der meine?

Suleika

War Hatem lange doch entfernt,
Das Mädchen hatte was gelernt,
Von ihm war sie so schön gelobt,
Da hat die Trennung sich erprobt.
Wohl, daß sie dir nicht fremde scheinen;
Sie sind Suleikas, sind die deinen.

[DER EILFER]

[Ältere Fassung]

Wo man mir Guts erzeigt überall,
's ist eine Flasche Eilfer,
Am Rhein, am Main und Necker
Man bringt lächelnd Eilfer.
Hört man doch euch wohltätige Namen
Wiederholt wie Eifler,

Friedrich den Zweiten zum Beispiel
Als beherrschenden Eilfer,
Kant wird noch immer genannt
Als anregender Eilfer.
Mehrere Namen in der Stille
Nenn ich beim Eilfer.
Von meinen Liedern sprechen sie auch
Rühmlich froh wie vom Eilfer,
Trinken auf mein Wohl klingend mit mir,
Alles im reinsten Eilfer.
Dies würde mich mehr freuen,
Mehr als der Eilfer,
Tränke nur Hafis auch. Der Würdige
Trinke den Eilfer!
Eilig steig ich zum Hades hinab,
Wo vom Eilfer
Nüchterne Seelen nicht trinken,
Sage: Den Eilfer!
Eilig, Hafis, geh! da droben stehet
Ein vollkommenes Glas Eilfer,
Das der Freund mir einschenkte,
Der würdigste, der den Eilfer
Sich abspart, damit ich reichlich genieße
Den vollkommenen Eilfer.
Hafis, jedoch eile! Denn zum Pfande
Bleib ich, bis du geschlurft den Eilfer
An der Tagseite des Rheingaus,
Wo verherrlicht der Eilfer,
Ich an der Nachtseite: hier schaudert

Den, der gewohnt an Eilfer. –
Komme zurück, Besonnener,
Unbesonnen durch Eilfer,
Daß ich Ahnherr dich grüße,
Atmend noch Eilfer!
Kehr ich zurück, so eifert die Freundin:
»Hat doch der Eilfer
Abermals dich niedergeworfen!
Trunken vom Eilfer,
Lagst unempfindlich meinem Kosen,
Als wäre der Eilfer
Meinen Küssen vergleichbar.
Meide den Eilfer!«
Und sie weiß nicht, daß du, Hafis,
An meiner Statt den Eilfer
Ausgeschlurft, ich aus Liebe zu dir
Seelenlos dalag! das soll nur der Eilfer
Alles haben getan und verbrochen,
Der unschuldige Eilfer!
Liebchen aber sagt: »Diesen Rival –
Den Schenken des Eilfer –
Neid ich wie des schwarzaugigen Schenken
Stets bereiten Eilfer,
Hatem! sieh mir ins Auge!
Den Schenken, den Eilfer,
Laß sie fahren! diese Küsse, sie sind von heute,
Was will der Eilfer!«

. . . .

. . . .

Denn ich möchte gar zu gern
Trinken den Eilfer,
Wenn er alt ist, denn gegenwärtig
Ist er allzu rasch und jung, der Eilfer.
Niemals möcht ich entbehren
Im Leben den Eilfer,
Der so viel wuchs und gut
Anno Eilf. Drum heißt er Eilfer.

Ging es mir ein andrer nach,
Dieses Lied vom Eilfer!
Denn ich sangs im Liebesrausch
Und berauscht vom Eilfer.

Hatem

Wie des Goldschmieds Bazarlädchen
Vielgefärbt geschliffne Lichter,
So umgeben hübsche Mädchen
Den beinah ergrauten Dichter.

Mädchen

Singst du schon Suleika wieder!
Diese können wir nicht leiden,
Nicht um dich – um deine Lieder
Wollen, müssen wir sie neiden.

Denn wenn sie auch garstig wäre,
Machst du sie zum schönsten Wesen,
Und so haben wir von Gemil
Und von Shanba viel gelesen.

Aber eben weil wir hübsch sind,
Möchten wir auch gern gemalt sein,
Und, wenn du es billig machest,
Sollst du auch recht hübsch bezahlt sein.

Hatem

Bräunchen, komm! es wird schon gehen.
Zöpfe, Kämme, groß und kleine,
Zieren Köpfchens nette Reine,
Wie die Kuppel ziert Moscheen.

Du, Blondinchen, bist so zierlich,
Aller Weis und Weg' so nette;
Man gedenkt nicht ungebührlich
Allsogleich der Minarette.

Du da hinten hast der Augen
Zweierlei, du kannst die beiden
Einzeln nach Belieben brauchen;
Doch ich sollte dich vermeiden.

Leichtgedrückt der Augenlider
Eines, die den Stern bewhelmen,

Deutet auf den Schelm der Schelmen,
Doch das andre schaut so bieder.

Dies, wenn jens verwundend angelt,
Heilend, nährend wird sichs weisen.
Niemand kann ich glücklich preisen,
Dem der Doppelblick ermangelt.

Und so könnt ich alle loben,
Und so könnt ich alle lieben:
Denn so wie ich euch erhoben,
War die Herrin mit beschrieben.

Mädchen

Dichter will so gerne Knecht sein,
Weil die Herrschaft draus entspringet;
Doch vor allem sollt ihm recht sein,
Wenn das Liebchen selber singet.

Ist sie denn des Liedes mächtig,
Wie's auf unsern Lippen waltet?
Denn es macht sie gar verdächtig,
Daß sie im verborgnen schaltet.

Hatem

Nun, wer weiß, was sie erfüllet!
Kennt ihr solcher Tiefe Grund?

Selbstgefühltes Lied entquillet,
Selbstgedichtetes dem Mund.

Von euch Dichterinnen allen
Ist ihr eben keine gleich:
Denn sie singt, mir zu gefallen,
Und ihr singt und liebt nur euch.

Mädchen

Merken wohl, du hast uns eine
Jener Houris vorgeheuchelt!
Mag schon sein, wenn es nur keine
Sich auf dieser Erde schmeichelt.

Herrin! sag, was heißt das Flüstern?
Was bewegt dir leis die Lippen?
Lispelst immer vor dich hin,
Lieblicher als Weines Nippen!
Denkst du, deinen Mundgeschwistern
noch ein Pärchen herzuziehn?
»Ich will küssen! Küssen! sagt ich.«
Schau! Im zweifelhaften Dunkel
Glühen blühend alle Zweige,
Nieder spielet Stern auf Stern;
Und smaragden durchs Gesträuche
Tausendfältiger Karfunkel:
Doch dein Geist ist allem fern.

»Ich will küssen! Küssen! sagt ich.«
Dein Geliebter, fern, erprobet
Gleicherweis im Sauersüßen,
Fühlt ein unglückselges Glück.
Euch im Vollmond zu begrüßen,
Habt ihr heilig angelobet;
Dieses ist der Augenblick.
»Ich will küssen! Küssen! sag ich.«

Ein Spiegel, er ist mir geworden,
Ich sehe so gerne hinein,
Als hinge des Kaisers Orden
An mir mit Doppelschein;
Nicht etwa selbstgefällig
Such ich mich überall;
Ich bin so gerne gesellig,
Und das ist hier der Fall.

Wenn ich nun vorm Spiegel stehe
Im stillen Witwerhaus,
Gleich guckt, eh ich mich versehe,
Das Liebchen mit heraus.
Schnell kehr ich mich um, und wieder
Verschwand sie; die ich sah;
Dann blick ich in meine Lieder,
Gleich ist sie wieder da.

Die schreib ich immer schöner
Und mehr nach meinem Sinn,
Trotz Krittler und Verhöhner,
Zu täglichem Gewinn.

Ihr Bild in reichen Schranken
Verherrlichet sich nur,
In goldnen Rosenranken
Und Rähmchen von Lasur.

Die Flut der Leidenschaft, sie stürmt vergebens
Ans unbezwungne feste Land. –
Sie wirft poetische Perlen an den Strand,
Und das ist schon Gewinn des Lebens.

Die Sonne, Helios der Griechen,
Fährt prächtig auf der Himmelsbahn,
Gewiß, das Weltall zu besiegen,
Blickt er umher, hinab, hinan.

Er sieht die schönste Göttin weinen,
Die Wolkentochter, Himmelskind,
Ihr scheint er nur allein zu scheinen;
Für alle heitre Räume blind,

Versenkt er sich in Schmerz und Schauer
Und häufiger quillt ihr Tränenguß:
Er sendet Lust in ihre Trauer
Und jeder Perle Kuß auf Kuß.

Nun fühlt sie tief des Blicks Gewalten
Und unverwandt schaut sie hinauf;
Die Perlen wollen sich gestalten:
Denn jede nahm sein Bildnis auf.

Und so, umkränzt von Farb und Bogen,
Erheitert leuchtet ihr Gesicht,
Entgegen kommt er ihr gezogen;
Doch er, doch ach! erreicht sie nicht.

So, nach des Schicksals hartem Lose,
Weichst du mir, Lieblichste, davon;
Und wär ich Helios der Große,
Was nützte mir der Wagenthron?

Es klingt so prächtig, wenn der Dichter
Der Sonne bald, dem Kaiser sich vergleicht;
Doch er verbirgt die traurigen Gesichter,
Wenn er in düstren Nächten schleicht.

Von Wolken streifenhaft befangen,
Versank zu Nacht des Himmels reinstes Blau;
Vermagert bleich sind meine Wangen
Und meine Herzenstränen grau.

Laß mich nicht so der Nacht, dem Schmerze,
Du Allerliebstes, du mein Mondgesicht!
O du mein Phosphor, meine Kerze,
Du meine Sonne, du mein Licht.

Sprich! unter welchem Himmelszeichen
Der Tag liegt,
Wo mein Herz, das doch mein eigen,
Nicht mehr wegfliegt?

Und, wenn es flöge, zum Erreichen
Mir ganz nah liegt? –
Auf dem Polster, dem süßen, dem weichen
Wo mein Herz an ihrem liegt.

Laß deinen süßen Rubinenmund
Zudringlichkeiten nicht verfluchen;
Was hat Liebesschmerz andern Grund,
Als seine Heilung zu suchen?

O! daß der Sinnen doch so viele sind!
Verwirrung bringen sie ins Glück herein.
Wenn ich dich sehe, wünsch ich taub zu sein,
Wenn ich dich höre, blind.

Auch in der Ferne dir so nah!
Und unerwartet kommt die Qual.
Da hör ich wieder dich einmal,
Auf einmal bist du wieder da!

Wenn ich dein gedenke,
Fragt mich gleich der Schenke:
»Herr! warum so still?
Da von deinen Lehren
Immer weiter hören
Saki gerne will.«

Wenn ich mich vergesse
Unter der Zypresse,
Hält er nichts davon;
Und im stillen Kreise
Bin ich doch so weise,
Klug wie Salomon.

Und warum sendet
Der Reiterhauptmann
Nicht seine Boten
Von Tag zu Tage?
Hat er doch Pferde,
Versteht die Schrift.

Er schreibt ja Talik,
Auch Neski weiß er
Zierlich zu schreiben
Auf Seidenblätter.
An seiner Stelle
Sei mir die Schrift.

Die Kranke will nicht,
Will nicht genesen
Vom süßen Leiden,
Sie, an der Kunde
Von ihrem Liebsten
Gesundend, krankt.

Schreibt er in Neski,
So sagt ers treulich,
Schreibt er in Talik,
's ist gar erfreulich,
Eins wie das andre –
Genug, er liebt.

Kenne wohl der Männer Blicke,
Einer sagt: »Ich liebe, leide!
Ich begehre, ja verzweifle!«
Und was sonst ist, kennt ein Mädchen.
Alles das kann mir nicht helfen,
Alles das kann mich nicht rühren;
Aber, Hatem! deine Blicke
Geben erst dem Tage Glanz.

Denn sie sagen: »Die gefällt mir,
Wie mir sonst nichts mag gefallen.
Seh ich Rosen, seh ich Lilien,
Aller Gärten Zier und Ehre,
So Zypressen, Myrten, Veilchen,
Aufgeregt zum Schmuck der Erde;
Und geschmückt ist sie ein Wunder,
Mit Erstaunen uns umfangend,
Uns erquickend, heilend, segnend,
Daß wir uns gesundet fühlen,

Wieder gern erkranken möchten.«
Da erblicktest du Suleika
Und gesundetest erkrankend,
Und erkranketest gesundend,
Lächeltest und sahst herüber,
Wie du nie der Welt gelächlet.
Und Suleika fühlt des Blickes
Ewge Rede: »Die gefällt mir,
Wie mir sonst nichts mag gefallen.«

Behramgur, sagt man, hat den Reim erfunden,
Er sprach entzückt aus reiner Seele Drang;
Dilaram schnell, die Freundin seiner Stunden,
Erwiderte mit gleichem Wort und Klang.

Und so, Geliebte! warst du mir beschieden,
Des Reims zu finden holden Lustgebrauch,
Daß auch Behramgur ich, den Sassaniden,
Nicht mehr beneiden darf: mir ward es auch.

Hast mir dies Buch geweckt, du hasts gegeben:
Denn was ich froh, aus vollem Herzen sprach,
Das klang zurück aus deinem holden Leben,
Wie Blick dem Blick, so Reim dem Reime nach.

Nun tön es fort zu dir, auch aus der Ferne
Das Wort erreicht, und schwände Ton und Schall.

Ists nicht der Mantel noch gesäter Sterne?
Ists nicht der Liebe hochverklärtes All?

Ja, die Augen warens, ja, der Mund,
Die mir blickten, die mich küßten.
Hüfte schmal, der Leib so rund,
Wie zu Paradieses Lüsten.
War sie da? Wo ist sie hin?
Ja! sie wars, sie hats gegeben;
Hat gegeben sich im Fliehn
Und gefesselt all mein Leben.

Liebchen, ach! im starren Bande
Zwängen sich die freien Lieder,
Die im reinen Himmelslande
Munter flogen hin und wider.
Allem ist die Zeit verderblich,
Sie erhalten sich allein!
Jede Zeile soll unsterblich,
Ewig wie die Liebe sein.

Hudhud auf dem Palmen-Steckchen,
Hier im Eckchen,
Nistet änglend, wie scharmant!
Und ist immer vigilant.

Hudhud sprach: Mit Einem Blicke
Hat sie alles mir vertraut,
Und ich bin von eurem Glücke
Immer, wie ichs war, erbaut.
Liebt ihr doch! – In Trennungs-Nächten
Seht, wie sichs in Sternen schreibt:
Daß, gesellt zu ewgen Mächten,
Glanzreich eure Liebe bleibt.

HUDHUD ALS EINLADENDER BOTE

Dich beglückte ja mein Gesang,
Nun dräng er gern zu dir ins Ferne.
Ich singe Morgen und Abend entlang,
Sie sagen: Besser! Das hör ich gerne;
Kommt auch ein Blatt von Zeit zu Zeit,
Bringt einen Gruß, laß dich nicht stören!
Aber ist denn Bagdad so weit?
Willst du mich gar nicht wieder hören?

Mag sie sich immer ergänzen,
Eure brüchige Welt, in sich!
Diese klaren Augen, sie glänzen,
Dieses Herz, es schlägt für mich!

Laß mich weinen! umschränkt von Nacht,
In unendlicher Wüste.
Kamele ruhn, die Treiber desgleichen,
Rechnend still wacht der Armenier;
Ich aber, neben ihm, berechne die Meilen,
Die mich von Suleika trennen, wiederhole
Die wegverlängernden ärgerlichen Krümmungen.
Laßt mich weinen! das ist keine Schande.
Weinende Männer sind gut.
Weinte doch Achill um seine Briseïs!
Xerxes beweinte das unerschlagene Heer;
Über den selbstgemordeten Liebling
Alexander weinte.
Laßt mich weinen! Tränen beleben den Staub.
Schon grunelts.

Laß den Weltenspiegel Alexandern;
Denn was zeigt er? – Da und dort
Stille Völker, die er mit den andern
Zwingend rütteln möchte fort und fort.

Du! nicht weiter, nicht zu Fremdem strebe!
Singe mir, die du dir eigen sangst.
Denke, daß ich liebe, daß ich lebe,
Denke, daß du mich bezwangst!

HUDHUD ERBITTET EIN NEUJAHRSGESCHENK RÄTSELWEISE

Ein Werkzeug ist es, alle Tage nötig;
Den Männern weniger, den Frauen viel,
Zum treusten Dienste gar gelind erbötig,
Im Einen vielfach, spitz und scharf. Sein Spiel
Gern wiederholt, wobei wir uns bescheiden:
Von außen glatt, wenn wir von innen leiden.
Doch Spiel und Schmuck erquickt uns nur aufs neue,
Erhielt das Werkzeug erst gerechte Weihe.

Schön und köstlich ist die Gabe,
Wohlenträtselt das Verlangen;
Daß die Weihe sie empfangen,
Bleibet aber ungewiß.

Wäre das nicht nachzubringen?
Was er sittsam nicht entraubte,
Wenn sie sichs nun selbst erlaubte!!
Hudhud, geh und melde dies.

VORSCHMACK

Der echte Moslem spricht vom Paradiese,
Als wenn er selbst allda gewesen wäre;
Er glaubt dem Koran, wie es der verhieße:
Hierauf begründet sich die reine Lehre.

Doch der Prophet, Verfasser jenes Buches,
Weiß unsre Mängel droben auszuwittern
Und sieht, daß trotz dem Donner seines Fluches
Die Zweifel oft den Glauben uns verbittern.

Deshalb entsendet er den ewgen Räumen
Ein Jugendmuster, alles zu verjüngen;
Sie schwebt heran und fesselt, ohne Säumen,
Um meinen Hals die allerliebsten Schlingen.

Auf meinem Schoß, an meinem Herzen halt ich
Das Himmelswesen, mag nichts weiter wissen;
Und glaube nun ans Paradies gewaltig,
Denn ewig möcht ich sie so treulich küssen.

Dichter

Deine Liebe, dein Kuß mich entzückt!
Geheimnisse mag ich nicht erfragen;
Doch sag mir, ob du an irdischen Tagen
Jemals teilgenommen?
Mir ist es oft so vorgekommen,
Ich wollt es beschwören, ich wollt es beweisen:
Du hast einmal Suleika geheißen.

Houri

Wir sind aus den Elementen geschaffen,
Aus Wasser, Feuer, Erd und Luft,
Unmittelbar; und irdischer Duft
Ist unserm Wesen ganz zuwider.
Wir steigen nie zu euch hernieder;
Doch wenn ihr kommt, bei uns zu ruhn,
Da haben wir genug zu tun.

Denn, siehst du, wie die Gläubigen kamen,
Von dem Propheten so wohl empfohlen,
Besitz vom Paradiese nahmen,
Da waren wir, wie er befohlen,
So liebenswürdig, so scharmant,
Wie uns die Engel selbst nicht gekannt.

Allein der erste, zweite, dritte,
Die hatten vorher eine Favorite;
Gegen uns warens garstige Dinger,
Sie aber hielten uns doch geringer;

Wir waren reizend, geistig, munter,
Die Moslems wollten wieder hinunter.

Nun war uns himmlisch Hochgeborne
Ein solch Betragen ganz zuwider,
Wir aufgewiegelten Verschwornen
Besannen uns schon hin und wieder;
Als der Prophet durch alle Himmel fuhr,
Da paßten wir auf seine Spur;
Rückkehrend hatt er sichs nicht versehn,
Das Flügelpferd, es mußte stehn.

Da hatten wir ihn in der Mitte! –
Freundlich ernst, nach Propheten-Sitte,
Wurden wir kürzlich von ihm beschieden;
Wir aber waren sehr unzufrieden.
Denn seine Zwecke zu erreichen,
Sollten wir eben alles lenken;
So wie ihr dächtet, sollten wir denken,
Wir sollten euren Liebchen gleichen.

Unsre Eigenliebe ging verloren,
Die Mädchen krauten hinter den Ohren
Doch, dachten wir, im ewigen Leben
Muß man sich eben in alles ergeben.

Nun sieht ein jeder, was er sah,
Und ihm geschieht, was ihm geschah.
Wir sind die Blonden, wir sind die Braunen,

Wir haben Grillen und haben Launen,
Ja, wohl auch manchmal eine Flause,
Ein jeder denkt, er sei zu Hause;
Und wir darüber sind frisch und froh,
Daß sie meinen, es wäre so.

Du aber bist von freiem Humor,
Ich komme dir paradiesisch vor;
Du gibst dem Blick, dem Kuß die Ehre,
Und wenn ich auch nicht Suleika wäre.
Doch da sie gar zu lieblich war,
So glich sie mir wohl auf ein Haar.

Dichter

Du blendest mich mit Himmels-Klarheit,
Es sei nun Täuschung oder Wahrheit,
Gnug, ich bewundre dich vor allen.
Um ihre Pflicht nicht zu versäumen,
Um einem Deutschen zu gefallen,
Spricht eine Houri in Knittelreimen.

Houri

Ja, reim auch du nur unverdrossen,
Wie es dir aus der Seele steigt!
Wir paradiesische Genossen
Sind Wort- und Taten reinen Sinns geneigt.
Die Tiere, weißt du, sind nicht ausgeschlossen,
Die sich gehorsam, die sich treu erzeigt.
Ein derbes Wort kann Houri nicht verdrießen;

Wir fühlen, was vom Herzen spricht,
Und was aus frischer Quelle bricht,
Das darf im Paradiese fließen.

ANKLANG

Houri

Draußen am Orte,
Wo ich dich zuerst sprach,
Wacht ich oft an der Pforte,
Dem Gebote nach.
Da hört ich ein wunderlich Gesäusel,
Ein Ton- und Silbengekräusel,
Das wollte herein:
Niemand aber ließ sich sehen,
Da verklang es klein zu klein;
Es klang aber fast wie deine Lieder,
Das erinnr ich mich wieder.

Dichter

Ewig Geliebte! wie zart
Erinnerst du dich deines Trauten!
Was auch, in irdischer Lust und Art,
Für Töne lauten,
Die wollen alle herauf:
Viele verklingen da unten zuhauf;
Andre mit Geistes Flug und Lauf,

Wie das Flügel-Pferd des Propheten,
Steigen empor und flöten
Draußen an dem Tor.
Kommt deinen Gespielen so etwas vor,
So sollen sies freundlich vermerken,
Das Echo lieblich verstärken,
Daß es wieder hinunter halle,
Und sollen achthaben,
Daß, in jedem Falle,
Wenn er kommt, seine Gaben
Jedem zugute kommen;
Das wird beiden Welten frommen.

Sie mögens ihm freundlich lohnen,
Auf liebliche Weise fügsam,
Sie lassen ihn mit sich wohnen:
Alle Guten sind genügsam.
Du aber bist mir beschieden,
Dich lass ich nicht aus dem ewigen Frieden;
Auf die Wache sollst du nicht ziehn,
Schick eine ledige Schwester dahin!

Houri

Wieder einen Finger schlägst du mir ein!
Weißt du denn, wieviel Äonen
Wir vertraut schon zusammen wohnen?

Dichter

Nein! – Wills auch nicht wissen. Nein!
Mannigfaltiger frischer Genuß,
Ewig bräutlich keuscher Kuß! –
Wenn jeder Augenblick mich durchschauert,
Was soll ich fragen, wie lang es gedauert!

Houri

Abwesend bist denn doch auch einmal,
Ich merk es wohl, ohne Maß und Zahl,
Hast in dem Weltall nicht verzagt,
An Gottes Tiefen dich gewagt;
Nun sei der Liebsten auch gewärtig!
Hast du nicht schon das Liedchen fertig?
Wie klang es draußen an dem Tor?
Wie klingts? – Ich will nicht stärker in dich dringen,
Sing mir die Lieder an Suleika vor:
Denn weiter wirst dus doch im Paradies nicht bringen.

Ach, ich kann sie nicht erwidern,
Wie ich auch daran mich freue;
Gnüg es dir an meinen Liedern,
Meinem Herzen, meiner Treu!

Ich kam von einem Prälaten,
Dem die herrlichsten Stolen
Über die Schulter hingen,
Worauf unverhohlen
Wundertaten
Der Heiligen auf und nieder gingen.

Mir aber war ein andres beschert:
Lieblichste Blumen-Gehänge
Farbenglanz und Übergänge,
Wie Natur den Künstler belehrt.
Ein allerliebstes Frühlings-Gelände,
Mit Nadeln zierlich schattiert und gebrochen;
Daß, wäre selbst das Herz durchstochen,
Man es gewiß gar wohl empfände;
Und wird es nur zu Feiertagen
Süßer Namen und lieber Geburten tragen.

Sie

Zarte Blumen leicht Gewinde
Flecht ich dir zum Angebinde;
Unvergängliches zu bieten,
War mir leider nicht beschieden.

In den leichten Blumenranken
Lauschen liebende Gedanken,
Die in leisen Tönen klingen
Und dir fromme Wünsche bringen.

Und so bringt vom fernen Orte
Dieses Blatt dir Blumenworte;
Mögen Sie vor deinen Blicken
Sich in bunten Farben schmücken!

Er

Bunte Blumen in dem Garten
Leuchten von der Morgensonne,
Aber leuchten keine Wonne,
Liebchen darf ich nicht erwarten.

Sendest nun in zarten Kreisen
Die von dir gepflückten Sterne;
Zärtlich willst du mir beweisen:
Du empfindest in der Ferne,

Was ich in der Fern empfinde,
So als wär kein Raum dazwischen;
Und so blühen auch geschwinde
Die getrockneten mit frischen.

Erinnr ich mich doch spät und früh
Des lieblichsten Gesichts,
Sie denkt an mich, ich denk an sie,
Und beiden hilft es nichts.

[Mit einem gestickten Kissen.]

Nicht solls von Ihrer Seite kommen;
Sobald es einmal Platz genommen;
Mich denkend sieh es freundlich an,
Mich liebend lehne dich daran!

DEM AUFGEHENDEN VOLLMONDE!

Willst du mich sogleich verlassen!
Warst im Augenblick so nah.
Dich umfinstern Wolkenmassen,
Und nun bist du gar nicht da.

Doch du fühlst, wie ich betrübt bin,
Blickt dein Rand herauf als Stern,
Zeugest mir, daß ich geliebt bin,
Sei das Liebchen noch so fern.

So hinan denn! Hell und heller,
Reiner Bahn, in voller Pracht!
Schlägt mein Herz auch schneller, schneller,
Überselig ist die Nacht.

Nicht mehr auf Seidenblatt
Schreib ich symmetrische Reime;
Nicht mehr fass ich sie
In goldne Ranken;
Dem Staub, dem beweglichen, eingezeichnet
Überweht sie der Wind, aber die Kraft besteht,
Bis zum Mittelpunkt der Erde
Dem Boden angebannt.
Und der Wandrer wird kommen,
Der Liebende. Betritt er
Diese Stelle, ihm zuckts
Durch alle Glieder.
»Hier! vor mir liebte der Liebende.
War es Medschnun, der zarte?
Ferhad, der kräftige? Dschemil, der daurende?
Oder von jenen tausend
Glücklich-Unglücklichen einer?
Er liebte! Ich liebe wie er,
Ich ahnd ihn!«
Suleika, du aber ruhst
Auf dem zarten Polster,
Das ich dir bereitet und geschmückt.

Auch dir zuckts aufweckend durch die Glieder.
»Er ist, der mich ruft, Hatem.
Auch ich rufe dir, o Hatem! Hatem!«

[Mit Blättern der Pflanze
Bryophyllum calycinum.]

Wie aus Einem Blatt unzählig
Frische Lebenszweige sprießen:
Mögst in Einer Liebe selig
Tausendfaches Glück genießen!

Vor die Augen meiner Lieben,
Zu den Fingern, die's geschrieben –
Einst mit heißestem Verlangen
So erwartet, wie empfangen –
Zu der Brust, der sie entquollen,
Diese Blätter wandern sollen;
Immer liebevoll bereit,
Zeugen allerschönster Zeit.

ULRIKE

THEODORA ULRIKE SOPHIA V. LEVETZOW

1804–1899

Goethe zum Kanzler v. Müller, 1823, Oktober 2:
Es ist eben ein Hang, der mir noch viel zu schaffen machen wird, aber ich werde darüber hinaus kommen. Iffland könnte ein scharmantes Stück daraus fertigen: ein alter Onkel, der seine junge Nichte allzu heftig liebt.

Ulrike am Schluß ihrer Erinnerungen an Goethe:
Keine Liebschaft war es nicht.

[In ein Exemplar ›Aus meinem Leben. Zweiter Abteilung Fünfter Teil‹, enthaltend: Campagne in Frankreich; Belagerung von Mainz.]

Wie schlimm es einem Freund ergangen,
Davon gibt dieses Buch Bericht.
Nun ist sein tröstendes Verlangen:
Zur guten Zeit vergiß ihn nicht!

Die Gegenwart weiß nichts von sich,
Der Abschied fühlt sich mit Entsetzen,
Entfernen zieht dich hinter dich,
Abwesenheit allein versteht zu schätzen.

LIEBESCHMERZLICHER ZWIE-GESANG UNMITTELBAR NACH DEM SCHEIDEN

Er

Ich dacht, ich habe keinen Schmerz;
Und doch war mir so bang ums Herz,
Mir wars gebunden vor der Stirn
Und hohl im innersten Gehirn –
Bis endlich Trän auf Träne fließt,
Verhaltnes Lebewohl ergießt.
Ihr Lebewohl war heitre Ruh –
Sie weint wohl jetzund auch wie du.

Sie

Ja, er ist fort, das muß nun sein!
Ihr Lieben, laßt mich nur allein.
Sollt ich euch seltsam scheinen,
Es wird nicht ewig währen;
Jetzt kann ich ihn nicht entbehren,
Und da muß ich weinen.

Er

Zur Trauer bin ich nicht gestimmt,
Und Freude kann ich auch nicht haben:
Was sollen mir die reifen Gaben,
Die man von jedem Baume nimmt!

Der Tag ist mir zum Überdruß,
Langweilig ists, wenn Nächte sich befeuern;
Mir bleibt der einzige Genuß,
Dein holdes Bild mir ewig zu erneuern.
Und fühltest du den Wunsch nach diesem Segen,
Du kämest mir auf halbem Weg entgegen.

Sie

Du trauerst, daß ich nicht erscheine,
Vielleicht entfernt so treu nicht meine,
Sonst wär mein Geist im Bilde da.
Schmückt Iris wohl des Himmels Bläue?
Laß regnen – gleich erscheint die neue.
Du weinst! Schon bin ich wieder da.

Er

Ja, du bist wohl an Iris zu vergleichen!
Ein liebenswürdig Wunderzeichen:
So schmiegsam herrlich, bunt in Harmonie
Und immer neu und immer gleich wie sie.

Du hattest längst mirs angetan,
Doch jetzt gewahr ich neues Leben:
Ein süßer Mund blickt uns gar freundlich an,
Wenn er uns einen Kuß gegeben.

Tadelt man, daß wir uns lieben,
Dürfen wir uns nicht betrüben:
Tadel ist von keiner Kraft
Andern Dingen mag das gelten;
Kein Mißbilligen, kein Schelten
Macht die Liebe tadelhaft.

Du Schüler Howards, wunderlich
Siehst morgens um und über dich,
Ob Nebel fallen, ob sie steigen,
Und was sich für Gewölke zeigen.

Auf Berges Ferne ballt sich auf
Ein Alpenheer, beeist zuhauf,
Und oben drüber flüchtig schweifen
Gefiedert weiße lustige Streifen;
Doch unten senkt sich grau und grauer
Aus Wolkenschicht ein Regenschauer.

Und wenn bei stillem Dämmerlicht
Ein allerliebstes Treugesicht
Auf holder Schwelle dir begegnet,
Weißt du, obs heitert? ob es regnet?

Wenn sich lebendig Silber neigt,
So gibt es Schnee und Regen,
Und wie es wieder aufwärts steigt,
Ist blaues Zelt zugegen.
Auch sinke viel, es steige kaum
Der Freude Wink, des Schmerzens,
Man fühlt ihn gleich im engen Raum
Des lieb-lebendgen Herzens.

Du gingst vorüber? Wie! ich sah dich nicht;
Du kamst zurück, dich hab ich nicht gesehen.
Verlorner, unglückselger Augenblick!
Bin ich denn blind? Wie soll mir das geschehen?

Doch tröst ich mich, und du verzeihst mir gern,
Entschuldigung wirst du mit Freude finden:
Ich sehe dich, bist du auch noch so fern!
Und in der Nähe kannst du mir verschwinden.

Gewogen schienst du mir zu sein,
Du lächeltest der kleinsten Gabe;
Und wenn ich deine Gunst nur habe,
So ist kein Täfelchen zu klein.

AN MADAME MARIE SZYMANOWSKA

Die Leidenschaft bringt Leiden! – Wer beschwichtigt
Beklommenes Herz, das allzuviel verloren?
Wo sind die Stunden, überschnell verflüchtigt?
Vergebens war das Schönste dir erkoren!
Trüb ist der Geist, verworren das Beginnen;
Die hehre Welt, wie schwindet sie den Sinnen!

Da schwebt hervor Musik mit Engelschwingen,
Verflicht zu Millionen Tön um Töne,
Des Menschen Wesen durch und durch zu dringen,
Zu überfüllen ihn mit ewger Schöne:
Das Auge netzt sich, fühlt im höhern Sehnen
Den Götterwert der Töne wie der Tränen.

Und so das Herz, erleichtert, merkt behende,
Daß es noch lebt und schlägt und möchte schlagen,
Zum reinsten Dank der überreichen Spende
Sich selbst erwidernd willig darzutragen.
Da fühlte sich – o daß es ewig bliebe! –
Das Doppelglück der Töne wie der Liebe.

Was soll ich nun vom Wiedersehen hoffen?
Von dieses Tages noch geschloßner Blüte?
Das Paradies, die Hölle steht dir offen,
Wie wankelsinnig regt sichs im Gemüte! –
Kein Zweifeln mehr! Sie tritt ans Himmelstor,
Zu ihren Armen hebt sie dich empor.

So warst du denn im Paradies empfangen,
Als wärst du wert des ewig schönen Lebens;
Dir blieb kein Wunsch, kein Hoffen, kein Verlangen,
Hier war das Ziel des innigsten Bestrebens,
Und in dem Anschaun solches einzig Schönen
Versiegte gleich der Quell sehnsüchtger Tränen.

Wie regte nicht der Tag die raschen Flügel,
Schien die Minuten vor sich her zu treiben!
Der Abendkuß, ein treu verbindlich Siegel:
So wird es auch der nächsten Sonne bleiben.

Die Stunden glichen sich in zartem Wandern
Wie Schwestern zwar, doch keine ganz der andern.

Der Kuß, der letzte, grausam süß, zerschneidend
Ein herrliches Geflecht verschlungner Minnen;
Nun eilt, nun stockt der Fuß, die Schwelle meidend,
Als trieb ein Cherub flammend ihn von hinnen;
Das Auge starrt auf düstrem Pfad verdrossen,
Es blickt zurück: die Pforte steht verschlossen.

Und nun verschlossen in sich selbst, als hätte
Dies Herz sich nie geöffnet, selige Stunden
Mit jedem Stern des Himmels um die Wette
An ihrer Seite leuchtend nicht empfunden;
Und Mißmut, Reue, Vorwurf, Sorgenschwere
Belastens nun in schwüler Atmosphäre.

Ist denn die Welt nicht übrig? – Felsenwände,
Sind sie nicht mehr gekrönt vom heiligen Schatten?
Die Ernte, reift sie nicht? Ein grün Gelände,
Zieht sichs nicht hin am Fluß durch Busch und Matten?
Und wölbt sich nicht das überweltlich Große,
Gestaltet bald und bald gestaltenlose?

Wie leicht und zierlich, klar und zart gewoben
Schwebt, seraphgleich, aus ernster Wolken Chor,
Als glich es ihr, am blauen Äther droben
Ein zart Gebild aus lichtem Duft empor;

So sahst du sie im frohen Tanze walten,
Die lieblichste der lieblichsten Gestalten.

Doch nur Momente darfst dich unterwinden,
Ein Luftgebild statt ihrer festzuhalten;
Ins Herz zurück! dort wirst dus besser finden,
Dort regt sie sich in wechselnden Gestalten;
Zu Vielen bildet Eine sich hinüber,
So tausendfach, und immer, immer lieber.

Wie zum Empfang sie an den Pforten weilte
Und mich von dannauf stufenweis beglückte,
Selbst nach dem letzten Kuß mich noch ereilte,
Den letztesten mir auf die Lippen drückte;
So klar beweglich bleibt das Bild der Lieben
Mit Flammenschrift ins treue Herz geschrieben.

Ins Herz, das fest wie zinnenhohe Mauer
Sich ihr bewahrt und sie in sich bewahret,
Für sie sich freut an seiner eignen Dauer,
Nur weiß von sich, wenn sie sich offenbaret,
Sich freier fühlt in so geliebten Schranken
Und nur noch schlägt, für alles ihr zu danken.

War Fähigkeit, zu lieben, war Bedürfen
Von Gegenliebe weggelöscht, verschwunden,
Ist Hoffnungslust zu freudigen Entwürfen,
Entschlüssen, rascher Tat sogleich gefunden!

Wenn Liebe je den Liebenden begeistet,
Ward es an mir aufs lieblichste geleistet;

Und zwar durch sie! – Wie lag ein innres Bangen
Auf Geist und Körper, unwillkommner Schwere,
Von Schauerbildern rings der Blick umfangen
Im wüsten Raum beklommner Herzensleere;
Nun dämmert Hoffnung von bekannter Schwelle,
Sie selbst erscheint in milder Sonnenhelle.

Dem Frieden Gottes, welcher euch hienieden
Mehr als Vernunft beseliget – wir lesens –
Vergleich ich wohl der Liebe heitern Frieden
In Gegenwart des allgeliebten Wesens;
Da ruht das Herz, und nichts vermag zu stören
Den tiefsten Sinn: den Sinn, ihr zu gehören.

In unsers Busens Reine wogt ein Streben,
Sich einem Höhern, Reinern, Unbekannten
Aus Dankbarkeit freiwillig hinzugeben,
Enträtselnd sich den ewig Ungenannten;
Wir heißens: fromm sein! – Solcher selgen Höhe
Fühl ich mich teilhaft, wenn ich vor ihr stehe.

Vor ihrem Blick, wie vor der Sonne Walten,
Vor ihrem Atem, wie vor Frühlingslüften,
Zerschmilzt, so längst sich eisig starr gehalten,
Der Selbstsinn tief in winterlichen Grüften;

Kein Eigennutz, kein Eigenwille dauert,
Vor ihrem Kommen sind sie weggeschauert.

Es ist, als wenn sie sagte: »Stund um Stunde
Wird uns das Leben freundlich dargeboten.
Das Gestrige ließ uns geringe Kunde,
Das Morgende! zu wissen ists verboten;
Und wenn ich je mich vor dem Abend scheute,
Die Sonne sank und sah, daß ich mich freute.

Drum tu wie ich und schaue, froh verständig,
Dem Augenblick ins Auge! Kein Verschieben!
Begegn ihm schnell, wohlwollend wie lebendig,
Im Handeln seis, zur Freude, seis dem Lieben;
Nur wo du bist, sei alles, immer kindlich,
So bist du alles, bist unüberwindlich.«

Du hast gut reden, dacht ich, zum Geleite
Gab dir ein Gott die Gunst des Augenblickes,
Und jeder fühlt an deiner holden Seite
Sich augenblicks den Günstling des Geschickes;
Mich schreckt der Wink, von dir mich zu entfernen,
Was hilft es mir, so hohe Weisheit lernen!

Nun bin ich fern! Der jetzigen Minute,
Was ziemt denn der? Ich wüßt es nicht zu sagen;
Sie bietet mir zum Schönen manches Gute,
Das lastet nur, ich muß mich ihm entschlagen.

Mich treibt umher ein unbezwinglich Sehnen,
Da bleibt kein Rat als grenzenlose Tränen.

So quellt denn fort! und fließet unaufhaltsam;
Doch nie gelängs, die innre Glut zu dämpfen!
Das rast und reißt in meiner Brust gewaltsam,
Wo Tod und Leben grausend sich bekämpfen.
Wohl Kräuter gäbs, des Körpers Qual zu stillen;
Allein dem Geist fehlts am Entschluß und Willen,

Fehlts am Begriff: wie sollt er sie vermissen?
Er wiederholt ihr Bild zu tausend Malen.
Das zaudert bald, bald wird es weggerissen,
Undeutlich jetzt und jetzt im reinsten Strahlen;
Wie könnte dies geringstem Troste frommen?
Die Ebb und Flut, das Gehen wie das Kommen!

Verlaßt mich hier, getreue Weggenossen!
Laßt mich allein am Fels, in Moor und Moos;
Nur immerzu! euch ist die Welt erschlossen,
Die Erde weit, der Himmel hehr und groß;
Betrachtet, forscht, die Einzelnheiten sammelt,
Naturgeheimnis werde nachgestammelt –

Mir ist das All, ich bin mir selbst verloren,
Der ich noch erst den Göttern Liebling war;
Sie prüften mich, verliehen mir Pandoren,
So reich an Gütern, reicher an Gefahr;
Sie drängten mich zum gabeselgen Munde,
Sie trennen mich, und richten mich zugrunde.

Am heißen Quell verbringst du deine Tage,
Das regt mich auf zu innerm Zwist;
Denn wie ich dich so ganz im Herzen trage,
Begreif ich nicht, wie du wo anders bist.

[An Werther.]

Noch einmal wagst du, vielbeweinter Schatten,
Hervor dich an das Tages-Licht,
Begegnest mir auf neubeblümten Matten,
Und meinen Anblick scheust du nicht,
Es ist, als ob du lebtest in der Frühe,
Wo uns der Tau auf einem Feld erquickt
Und nach des Tages unwillkommner Mühe
Der Scheidesonne letzter Strahl beglückt;
Zum Bleiben ich, zum Scheiden du erkoren,
Gingst du voran und hast nicht viel verloren.

Des Menschen Leben scheint ein herrlich Los,
Der Tag wie lieblich! so die Nacht wie groß!
Und wir, gepflanzt in Paradieses Wonne,
Genießen kaum der hocherlauchten Sonne,
Da kämpft sogleich verworrene Bestrebung
Bald mit uns selbst und bald mit der Umgebung;
Keins wird vom andern wünschenswert ergänzt,

Von außen düsterts, wenn es innen glänzt,
Ein glänzend Äußres deckt ein trüber Blick!
Da steht es nah, und man verkennt das Glück.

Nun glauben wirs zu kennen! Mit Gewalt
Ergreift uns Liebreiz weiblicher Gestalt,
Der Jüngling, froh, wie in der Kindheit Flor,
Im Frühling tritt als Frühling selbst hervor,
Entzückt, erstaunt, wer dies ihm angetan?
Er schaut umher – die Welt gehört ihm an.
Ins Weite zieht ihn unbefangne Hast,
Nichts engt ihn ein, nicht Mauer, nicht Palast.
Wie Vögelschar an Wäldergipfeln streift,
So schwebt auch er, der um die Liebste schweift,
Er sucht vom Äther, den er gern verläßt,
Den treuen Blick, und dieser hält ihn fest.

Doch erst zu früh und dann zu spät gewarnt,
Fühlt er den Flug gehemmt, fühlt sich umgarnt.
Das Wiedersehn ist froh, das Scheiden schwer,
Das Wieder-Wiedersehn beglückt noch mehr,
Und Jahre sind im Augenblick ersetzt;
Doch tückisch harrt das Lebewohl zuletzt.

Du lächelst, Freund, gefühlvoll, wie sich ziemt,
Ein gräßlich Scheiden machte dich berühmt,
Wir feierten dein kläglich Mißgeschick,
Du ließest uns zu Wohl und Weh zurück.
Dann zog uns wieder ungewisse Bahn

Der Leidenschaften labyrinthisch an,
So wir, verschlungen wiederholter Not,
Dem Scheiden endlich, Scheiden ist der Tod. –
Wie klingt es rührend, wenn der Dichter singt,
Den Tod zu meiden, den das Scheiden bringt!
Verstrickt in solche Qualen, halbverschuldet,
Geb ihm ein Gott, zu sagen, was er duldet.

ANHANG

Hier sind alle diejenigen Liebesgedichte versammelt, bei denen nicht ohne weiteres klar ist, an wen sie gerichtet sind. Eifrigen Modellsuchern mag vielleicht möglich sein, das eine oder das andere dieser Lieder mit mehr oder minder Wahrscheinlichkeit unter die richtige Adresse zu stellen.

»Ungehindert, liebe Herren,
Sucht sie auf! . . .«

Zu denen, die Goethe mit diesen Worten anredet und die er sagen läßt:

»Wir sind emsig, nachzuspüren,
Wir, die Anekdotenjäger,
Wer dein Liebchen sei . . .«

fühlte der Herausgeber keinen Beruf, sich zu gesellen; wenn er auch nicht leugnen will, daß die Verse »Bleibe, bleibe bei mir« sich vermutlich auf Lida beziehen, ebenso das Distichon »Eine Liebe hatt ich, . . .«; daß die Verse »Deine liebliche Kleinheit, . . .« wahrscheinlich an Christiane gerichtet sind, und daß bei dem Liede »Über meines Liebchens Äugeln . . .« wohl nur gefragt werden kann: Christiane oder Suleika? Und was dergleichen mehr sein mag.

Einige wenige Gedichte, die macher, als scheinbar echte Liebeslieder, vermissen wird, – wie der ›Nachtgesang‹ (»O gib, vom weichen Pfühle«) – waren auch aus diesem Anhang auszuscheiden, weil sie als Bearbeitungen, Nachbildungen, Texte, die Goethe beliebten Melodien unterlegte, oder ähnliches für dieses Buch nicht in Betracht kommen können.

So hab ich würklich dich verloren?
Bist du, o Schöne, mir entflohn?
Noch klingt in den gewohnten Ohren
Ein jedes Wort, ein jeder Ton.

So wie des Wandrers Blick am Morgen
Vergebens in die Lüfte dringt,
Wenn, in den blauen Raum verborgen,
Hoch über ihm die Lerche singt:

So dringet ängstlich hin und wider
Durch Feld und Busch und Wald mein Blick;
Dich rufen alle meine Lieder,
O komm, Geliebte, mir zurück!

[Mit einem goldnen Halskettchen überschickt.]

Dir darf dies Blatt ein Kettchen bringen,
Das, ganz zur Biegsamkeit gewöhnt,
Sich mit viel hundert kleinen Schlingen
Um deinen Hals zu schmiegen sehnt.

Gewähr dem Närrchen die Begierde!
Sie ist voll Unschuld, ist nicht kühn;
Am Tag ists eine kleine Zierde,
Am Abend wirfst dus wieder hin.

Denn wär es eine andre Kette,
Die fester hält und schwerer drückt,
Da winkt ich dir wohl selbst – Lisette,
Ganz recht, mein Kind! Nicht gleich genickt.

STIRBT DER FUCHS, SO GILT DER BALG

Nach Mittage saßen wir
Junges Volk im Kühlen;
Amor kam, und Stirbt der Fuchs
Wollt er mit uns spielen.

Jeder meiner Freunde saß
Froh bei seinem Herzchen;
Amor blies die Fackel aus,
Sprach: Hier ist das Kerzchen.

Und die Fackel, wie sie glomm,
Ließ man eilig wandern,
Jeder drückte sie geschwind
In die Hand des andern.

Und mir reichte Dorilis
Sie mit Spott und Scherze;
Kaum berührt mein Finger sie,
Hell entflammt die Kerze,

Sengt mir Augen und Gesicht,
Setzt die Brust in Flammen,
Über meinem Haupte schlug
Fast die Glut zusammen.

Löschen wollt ich, patschte zu,
Doch es brennt beständig;
Statt zu sterben, ward der Fuchs
Recht bei mir lebendig.

BLINDE KUH

O liebliche Therese!
Warum seh ich so böse
Mit offnen Augen dich?
Die Augen fest verbunden,
Hast du mich gleich gefunden,
Und warum fingst du eben – mich?

Du faßtest mich aufs beste
Und hieltest mich so feste,
Ich sank in deinen Schoß.
Kaum warst du aufgebunden,
War alle Lust verschwunden,
Du ließest kalt den Blinden los.

Er tappte hin und wider,
Verrenkte fast die Glieder,
Und alle foppten ihn.
Und willst du mich nicht lieben,
So geh ich stets im Trüben,
Wie mit verbundnen Augen, hin.

Ob ich dich liebe, weiß ich nicht:
Seh ich nur einmal dein Gesicht,
Seh dir ins Auge nur einmal,
Frei wird mein Herz von aller Qual;
Gott weiß, wie mir so wohl geschicht!
Ob ich dich liebe, weiß ich nicht.

RETTUNG

Mein Mädchen ward mir ungetreu,
Das machte mich zum Freudenhasser.
Da lief ich an ein fließend Wasser,
Das Wasser lief vor mir vorbei.

Da stand ich nun verzweifelnd, stumm,
Im Kopfe war mirs wie betrunken,
Fast wär ich in den Strom gesunken,
Es ging die Welt mit mir herum.

Auf einmal hört ich was, das rief,
Ich wandte just dahin den Rücken,
Es war ein Stimmchen zum Entzücken:
Nimm dich in acht! der Fluß ist tief.

Da lief mir was durchs ganze Blut,
Ich seh, so ists ein süßes Mädchen;
Ich frage sie: wie heißt du? Käthchen!
O schönes Käthchen, du bist gut.

Du hältst vom Tode mich zurück,
Auf ewig dank ich dir mein Leben.
Allein das heißt mir wenig geben,
Nun sei auch meines Lebens Glück.

Und dann klagt ich ihr meine Not;
Sie schlug die Augen lieblich nieder,
Ich küßte sie und sie mich wieder;
Und vor der Hand nichts mehr vom Tod.

AUF CHRISTIANEN R.

Hab oft einen dummen düstern Sinn,
Ein gar so schweres Blut;
Wenn ich bei meiner Christel bin,
Ist alles wieder gut.
Ich seh sie dort, ich seh sie hier

Und weiß nicht auf der Welt,
Und wie und wo und wann sie mir,
Warum sie mir gefällt.

Das schwarze Schelmen-Aug dadrein,
Die schwarze Braunen drauf,
Seh ich ein einzigmal hinein,
Die Seele geht mir auf.
Was sie so gar einen süßen Mund,
Liebrunde Wänglein hat!
Ach, und es ist noch etwas rund,
Da sieht kein Aug sich satt.

Und wenn ich sie dann fassen darf
Im lüstgen deutschen Tanz,
Da gehts herum, da gehts so scharf,
Da fühl ich mich so ganz;
Und wenns ihr tummlig wird und warm,
Da wieg ich sie sogleich
An meiner Brust, in meinem Arm,
Ist mir ein Königreich.

Und wenn sie liebend nach mir blickt
Und alles rings vergißt,
Und dann an meine Brust gedrückt
Und weidlich eins geküßt,
Das lauft mir durch das Rückenmark
Bis in die große Zeh!

Ich bin so schwach, ich bin so stark,
Mir ist so wohl, so weh.

Da möcht ich mehr und immer mehr,
Der Tag wird mir nicht lang;
Wenn ich die Nacht auch bei ihr wär,
Davor wär mir nicht bang.
Ich denk, ich fasse sie einmal
Und büße meine Lust;
Und endigt sich nicht meine Qual,
Sterb ich an ihrer Brust.

Bleibe, bleibe bei mir,
Holder Fremdling, süße Liebe,
Holde süße Liebe,
Und verlasse die Seele nicht!
Ach, wie anders, wie schön
Lebt der Himmel, lebt die Erde,
Ach, wie fühl ich, wie fühl ich
Dieses Leben zum erstenmal!

Trocknet nicht! trocknet nicht!
Tränen der heiligen Liebe!
Ach, den halbtrocknen Augen schon
Wie öde, tot ist die Welt!
Trocknet nicht! trocknet nicht,
Tränen der ewigen Liebe!

Du bist mein und bist so zierlich,
Du bist mein und so manierlich,
Aber etwas fehlt dir noch:
Küssest mit so spitzen Lippen,
Wie die Tauben Wasser nippen –
Allzu zierlich bist du doch!

LIEBHABER IN ALLEN GESTALTEN

Ich wollt, ich wär ein Fisch,
So hurtig und frisch;
Und kämst du zu angeln,
Ich würde nicht mangeln.
Ich wollt, ich wär ein Fisch,
So hurtig und frisch.

Ich wollt, ich wär ein Pferd,
Da wär ich dir wert.

O wär ich ein Wagen,
Bequem dich zu tragen.
Ich wollt, ich wär ein Pferd,
Da wär ich dir wert.

Ich wollt, ich wäre Gold;
Dir immer im Sold;
Und tätst du was kaufen,
Käm ich wieder gelaufen.
Ich wollt, ich wäre Gold,
Dir immer im Sold.

Ich wollt, ich wär treu,
Mein Liebchen stets neu;
Ich wollt mich verheißen,
Wollt nimmer verreisen.
Ich wollt, ich wär treu,
Mein Liebchen stets neu.

Ich wollt, ich wär alt
Und runzlig und kalt;
Tätst du mirs versagen,
Da könnt michs nicht plagen.
Ich wollt, ich wär alt
Und runzlig und kalt.

Wär ich Affe sogleich
Voll neckender Streich;
Hätt was dich verdrossen,

So macht ich dir Possen.
Wär ich Affe sogleich
Voll neckender Streich.

Wär ich gut wie ein Schaf,
Wie der Löwe so brav;
Hätt Augen wie's Lüchschen
Und Listen wie's Füchschen.
Wär ich gut wie ein Schaf,
Wie der Löwe so brav.

Was alles ich wär,
Das gönnt ich dir sehr;
Mit fürstlichen Gaben,
Du solltest mich haben.
Was alles ich wär,
Das gönnt ich dir sehr.

Doch bin ich, wie ich bin,
Und nimm mich nur hin!
Willst du beßre besitzen,
So laß dir sie schnitzen.
Ich bin nun, wie ich bin:
So nimm mich nur hin!

NÄHE

Wie du mir oft, geliebtes Kind,
Ich weiß nicht wie, so fremde bist,
Wenn wir im Schwarm der vielen Menschen sind,
Das schlägt mir alle Freude nieder.
Doch ja, wenn alles still und finster um uns ist,
Erkenn ich dich an deinen Küssen wieder.

ERSTER VERLUST

Ach, wer bringt die schönen Tage,
Jene Tage der ersten Liebe,
Ach, wer bringt nur eine Stunde
Jener holden Zeit zurück!

Einsam nähr ich meine Wunde,
Und mit stets erneuter Klage
Traur ich ums verlorne Glück.

Ach, wer bringt die schönen Tage,
Jene holde Zeit zurück!

Liebe flößest du ein und Begier; ich fühl es, und brenne.
Liebenswürdige, nun flöße Vertrauen mir ein!

Ha! ich kenne dich, Amor, so gut als einer! Da bringst du
Deine Fackel, und sie leuchtet im Dunkeln uns vor.
Aber du führest uns bald verworrene Pfade; wir brauchten
Deine Fackel erst recht, ach! und die falsche verlischt.

Eine einzige Nacht an deinem Herzen! – Das andre
Gibt sich. Es trennt uns noch Amor in Nebel und Nacht.
Ja, ich erlebe den Morgen, an dem Aurora die Freunde
Busen an Busen belauscht, Phöbus, der frühe, sie weckt.

Ist es Ernst, so zaudre nicht länger und mache mich glücklich!
Wolltest du scherzen? es sei, Liebchen, des Scherzes genug.

Daß ich schweige, verdrießt dich? Was soll ich reden?
Du merkest
Auf der Seufzer, des Blicks leise Beredsamkeit nicht.
Eine Göttin vermag der Lippe Siegel zu lösen:
Nur Aurora, sie weckt einst dir am Busen mich auf.
Ja, dann töne mein Hymnus den frühen Göttern entgegen,
Wie das Memnonische Bild lieblich Geheimnisse sang.

Eine Liebe hatt ich, sie war mir lieber als alles,
Aber ich hab sie nicht mehr! Schweig und ertrag den Verlust.

Welch ein lustiges Spiel! Es windet am Faden die Scheibe,
Die von der Hand entfloh, eilig sich wieder herauf!
Seht, so schein ich mein Herz bald dieser Schönen, bald jener
Zuzuwerfen; doch gleich kehrt es im Fluge zurück.

DAS WIEDERSEHN

Er

Süße Freundin, noch einen, nur einen Kuß noch gewähre
Diesen Lippen! Warum bist du mir heute so karg?
Gestern blühte der Baum wie heute, wir wechselten Küsse
Tausendfältig: dem Schwarm Bienen verglichst du sie ja,
Wie sie den Blüten sich nahn und saugen, schweben und wieder
Saugen, und lieblicher Ton süßen Genusses erschallt.
Alle noch üben das holde Geschäft. Und wäre der Frühling
Uns vorübergeflohn, eh sich die Blüte zerstreut?

Sie

Träume, lieblicher Freund, nur immer! rede von g e s t e r n!
Gerne hör ich dich an, drücke dich redlich ans Herz.
Gestern, sagst du? – Es war, ich weiß, ein köstliches Gestern:
Worte verklangen im Wort, Küsse verdrängten den Kuß.

Schmerzlich wars, am Abend zu scheiden, und traurig die lange
Nacht von gestern auf heut, die den Getrennten gebot.
Doch der Morgen ist wieder erschienen. Ach, daß mir indessen
Leider zehnmal der Baum Blüten und Früchte gebracht!

AN DIE ERWÄHLTE

Hand in Hand! und Lipp auf Lippe!
Liebes Mädchen, bleibe treu!
Lebe wohl! und manche Klippe
Fährt dein Liebster noch vorbei.
Aber wenn er einst den Hafen
Nach dem Sturme wieder grüßt,
Mögen ihn die Götter strafen,
Wenn er ohne dich genießt.

Frisch gewagt, ist schon gewonnen,
Halb ist schon mein Werk vollbracht!
Sterne leuchten mir wie Sonnen,
Nur dem Feigen ist es Nacht.
Wär ich müßig dir zur Seite,
Drückte noch der Kummer mich;
Doch in aller dieser Weite
Wirk ich rasch und nur für dich.

Schon ist mir das Tal gefunden,
Wo wir einst zusammen gehn
Und den Strom in Abendstunden
Sanft hinuntergleiten sehn.
Diese Pappeln auf den Wiesen,
Diese Buchen in dem Hain!
Ach, und hinter allen diesen
Wird doch auch ein Hüttchen sein!

Deine liebliche Kleinheit, dein holdes Auge, sie sagen
Immer: Vergiß mein nicht! immer: Vergiß nur nicht mein!

ERINNERUNG

Wenn die Reben wieder blühen,
Rühret sich der Wein im Fasse;
Wenn die Rosen wieder glühen,
Weiß ich nicht, wie mir geschieht.

Tränen rinnen von den Wangen,
Was ich tue, was ich lasse;
Nur ein unbestimmt Verlangen
Fühl ich, das die Brust durchglüht.

Und zuletzt muß ich mir sagen,
Wenn ich mich bedenk und fasse,
Daß in solchen schönen Tagen
Doris einst für mich geglüht.

ABSCHIED

Zu lieblich ists, ein Wort zu brechen,
Zu schwer die wohlerkannte Pflicht,
Und leider kann man nichts versprechen,
Was unserm Herzen widerspricht.

Du übst die alten Zauberlieder,
Du lockst ihn, der kaum ruhig war,
Zum Schaukelkahn der süßen Torheit wieder,
Erneust, verdoppelst die Gefahr.

Was suchst du mir dich zu verstecken!
Sei offen, flieh nicht meinen Blick!
Früh oder spät mußt ichs entdecken,
Und hier hast du dein Wort zurück.

Was ich gesollt, hab ich vollendet,
Durch mich sei dir nun an nichts verwehrt;
Allein verzeih dem Freund, der sich nun von dir wendet
Und still in sich zurücke kehrt.

AN LINA

Liebchen, kommen diese Lieder
Jemals wieder dir zur Hand,
Sitze beim Klaviere nieder,
Wo der Freund sonst bei dir stand.

Laß die Saiten rasch erklingen
Und dann sieh ins Buch hinein:
Nur nicht lesen! immer singen!
Und ein jedes Blatt ist dein.

Ach, wie traurig sieht in Lettern,
Schwarz auf weiß, das Lied mich an,
Das aus deinem Mund vergöttern,
Das ein Herz zerreißen kann!

SEHNSUCHT

Was zieht mir das Herz so?
Was zieht mich hinaus?
Und windet und schraubt mich
Aus Zimmer und Haus?
Wie dort sich die Wolken
Um Felsen verziehn!
Da möcht ich hinüber,
Da möcht ich wohl hin!

Nun wiegt sich der Raben
Geselliger Flug;
Ich mische mich drunter
Und folge dem Zug.
Und Berg und Gemäuer
Umfittichen wir:
Sie weilet da drunten,
Ich spähe nach ihr.

Da kommt sie und wandelt!
Ich eile so bald,
Ein singender Vogel,
Zum buschichten Wald.
Sie weilet und horchet
Und lächelt mit sich:
»Er singet so lieblich
Und singt es an mich.«

Die scheidende Sonne
Verguldet die Höhn;
Die sinnende Schöne,
Sie läßt es geschehn.
Sie wandelt am Bache
Die Wiesen entlang,
Und finster und finstrer
Umschlingt sich der Gang.

Auf einmal erschein ich,
Ein blinkender Stern.

»Was glänzet da droben,
So nah und so fern?«
Und hast du mit Staunen
Das Leuchten erblickt:
Ich lieg dir zu Füßen,
Da bin ich beglückt!

TROST IN TRÄNEN

Wie kommts, daß du so traurig bist,
Da alles froh erscheint?
Man sieht dirs an den Augen an,
Gewiß, du hast geweint.

»Und hab ich einsam auch geweint,
So ists mein eigner Schmerz,
Und Tränen fließen gar so süß,
Erleichtern mir das Herz.«

Die frohen Freunde laden dich:
O komm an unsre Brust!
Und was du auch verloren hast,
Vertraue den Verlust.

»Ihr lärmt und rauscht und ahnet nicht,
Was mich, den Armen, quält.

Ach nein, verloren hab ichs nicht,
So sehr es mir auch fehlt.«

So raffe denn dich eilig auf!
Du bist ein junges Blut.
In deinen Jahren hat man Kraft
Und zum Erwerben Mut.

»Ach nein, erwerben kann ichs nicht,
Es steht mir gar zu fern.
Es weilt so hoch, es blinkt so schön,
Wie droben jener Stern.«

Die Sterne, die begehrt man nicht,
Man freut sich ihrer Pracht,
Und mit Entzücken blickt man auf
In jeder heitren Nacht.

»Und mit Entzücken blick ich auf
So manchen lieben Tag;
Verweinen laßt die Nächte mich,
Solang ich weinen mag.«

SELBSTBETRUG

Der Vorhang schwebet hin und her
Bei meiner Nachbarin:
Gewiß, sie lauschet überquer,
Ob ich zu Hause bin,

Und ob der eifersüchtge Groll,
Den ich am Tag gehegt,
Sich, wie er nun auf immer soll,
Im tiefen Herzen regt.

Doch leider hat das schöne Kind
Dergleichen nicht gefühlt.
Ich seh, es ist der Abendwind,
Der mit dem Vorhang spielt.

MAILIED

Zwischen Weizen und Korn,
Zwischen Hecken und Dorn,
Zwischen Bäumen und Gras,
Wo geht's Liebchen?
Sag mir das!

Fand mein Holdchen
Nicht daheim:

Muß das Goldchen
Draußen sein.
Grünt und blühet
Schön der Mai,
Liebchen ziehet
Froh und frei.

An dem Felsen beim Fluß,
Wo sie reichte den Kuß,
Jenen ersten im Gras,
Seh ich etwas!
Ist sie das?

BLUMENGRUSS

Der Strauß, den ich gepflücket,
Grüße dich viel tausendmal!
Ich habe mich oft gebücket,
Ach, wohl ein tausendmal,
Und ihn ans Herz gedrücket
Wie hunderttausendmal!

GEGENWART

Alles kündet dich an!
Erscheinet die herrliche Sonne,
Folgst du, so hoff ich es, bald.

Trittst du im Garten hervor,
So bist du die Rose der Rosen,
Lilie der Lilien zugleich.

Wenn du im Tanze dich regst,
So regen sich alle Gestirne
Mit dir und um dich umher.

Nacht! und so wär es denn Nacht!
Nun überscheinst du des Mondes
Lieblichen, ladenden Glanz.

Ladend und lieblich bist du,
Und Blumen, Mond und Gestirne
Huldigen, Sonne, nur dir.

Sonne, so sei du auch mir
Die Schöpferin herrlicher Tage!
Leben und Ewigkeit ists.

GLÜCKLICH GEHEIMNIS

Über meines Liebchens Äugeln
Stehn verwundert alle Leute;
Ich, der Wissende, dagegen
Weiß allein, was das bedeute.

Denn es heißt: ich liebe diesen,
Und nicht etwa den und jenen.
Lasset nur, ihr guten Leute,
Euer Wundern, euer Sehnen.

Ja, mit ungeheuren Mächten
Blicket sie wohl in die Runde;
Doch sie sucht nur zu verkünden
Ihm die nächste süße Stunde.

APRIL

Augen, sagt mir, sagt, was sagt ihr?
Denn ihr sagt was gar zu Schönes,
Gar des lieblichsten Getönes;
Und in gleichem Sinne fragt ihr.

Doch ich glaub euch zu erfassen:
Hinter dieser Augen Klarheit
Ruht ein Herz in Lieb und Wahrheit,
Jetzt sich selber überlassen,

Dem es wohl behagen müßte,
Unter so viel stumpfen, blinden
Endlich einen Blick zu finden
Der es auch zu schätzen wüßte.

Und indem ich diese Chiffern
Mich versenke zu studieren,
Laßt euch ebenfalls verführen,
Meine Blicke zu entziffern!

MAI

Leichte Silberwolken schweben
Durch die erst erwärmten Lüfte,
Mild, von Schimmer sanft umgeben,
Blickt die Sonne durch die Düfte.
Leise wallt und drängt die Welle
Sich am reichen Ufer hin;
Und wie reingewaschen helle,
Schwankend hin und her und hin,
Spieglet sich das junge Grün.

Still ist Luft und Lüftchen stille;
Was bewegt mir das Gezweige?
Schwüle Liebe dieser Fülle,
Von den Bäumen durchs Gesträuche.
Nun der Blick auf einmal helle,

Sieh! der Bübchen Flatterschar,
Das bewegt und regt so schnelle,
Wie der Morgen sie gebar,
Flügelhaft sich Paar und Paar.

Fangen an, das Dach zu flechten –
Wer bedürfte dieser Hütte? –
Und wie Zimmrer, die gerechten,
Bank und Tischchen in der Mitte!
Und so bin ich noch verwundert,
Sonne sinkt, ich fühl es kaum;
Und nun führen aber hundert
Mir das Liebchen in den Raum –
Tag und Abend, welch ein Traum!

JUNI

Hinter jenem Berge wohnt
Sie, die meine Liebe lohnt.
Sage, Berg, was ist denn das?
Ist mir doch, als wärst du Glas,

Und ich wär nicht weit davon,
Denn sie kommt, ich seh es schon,
Traurig, denn ich bin nicht da,
Lächelnd – ja, sie weiß es ja!

Nun stellt sich dazwischen
Ein kühles Tal mit leichten Büschen,
Bächen, Wiesen und dergleichen,
Mühlen und Rändern, den schönsten Zeichen,
Daß da gleich wird eine Fläche kommen,
Weite Felder unbeklommen.
Und so immer, immer heraus,
Bis mir an Garten und Haus!

Aber wie geschichts?
Freut mich das alles nicht –
Freute mich des Gesichts
Und der zwei Äuglein Glanz,
Freute mich des leichten Gangs,
Und wie ich sie seh
Vom Zopf zur Zeh!

Sie ist fort, ich bin hier,
Ich bin weg, bin bei ihr.

Wandelt sie auf schroffen Hügeln,
Eilet sie das Tal entlang,
Da erklingt es wie mit Flügeln,
Da bewegt sichs wie Gesang.
Und auf diese Jugendfülle,
Dieser Glieder frohe Pracht
Harret Einer in der Stille,
Den sie einzig glücklich macht.

Liebe steht ihr gar zu schön,
Schönres hab ich nie gesehn.
Bricht ihr doch ein Blumenflor
Aus dem Herzen leicht hervor.

Denk ich: soll es doch so sein!
Das erquickt mir Mark und Bein;
Wähn ich wohl, wenn sie mich liebt,
Daß es noch was Beßres gibt?

Und noch schöner ist die Braut,
Wenn sie sich mir ganz vertraut,
Wenn sie spricht und mir erzählt,
Was sie freut und was sie quält.

Wie's ihr ist und wie's ihr war,
Kenn ich sie doch ganz und gar.
Wer gewänn an Seel und Leib
Solch ein Kind und solch ein Weib!

»Du vergehst und bist so freundlich,
Verzehrst dich und singst so schön?«

Dichter

Die Liebe behandelt mich feindlich!
Da will ich gern gestehn:
Ich singe mit schwerem Herzen.
Sieh doch einmal die Kerzen,
Sie leuchten, indem sie vergehn.

Hab ich tausendmal geschworen,
Dieser Flasche nicht zu trauen,
Bin ich doch wie neugeboren,
Läßt mein Schenke fern sie schauen.
Alles ist an ihr zu loben,
Glaskristall und Purpurwein.
Wird der Pfropf herausgehoben –
Sie ist leer, und ich nicht mein.

Hab ich tausendmal geschworen,
Dieser Falschen nicht zu trauen,
Und doch bin ich neugeboren,
Läßt sie sich ins Auge schauen.

Mag sie doch mit mir verfahren,
Wie's dem stärksten Mann geschah:
Deine Scher in meinen Haaren,
Allerliebste Dalila!

BLICK UM BLICK

Wenn du dich im Spiegel besiehst,
Denke, daß ich diese Augen küßte
Und mich mit mir selbst entzweien müßte,
Sobalde du mich fliehst.
Denn da ich nur in diesen Augen lebe,
Du mir gibst, was ich gebe,
So wär ich ganz verloren;
Jetzt bin ich immer wie neugeboren.

GEGENSEITIG

Wie sitzt mir das Liebchen?
Was freut sie so groß?
Den Fernen, sie wiegt ihn,
Sie hat ihn im Schoß;

Im zierlichen Käfig
Ein Vöglein sie hält,
Sie läßt es heraußer,
So wie's ihr gefällt.

Hats Picken dem Finger,
Den Lippen getan,
Es flieget und flattert,
Und wieder heran.

So eile zur Heimat,
Das ist nun der Brauch;
Und hast du das Mädchen,
So hat sie dich auch.

AUG UM OHR

Was dem Auge dar sich stellet,
Sicher glauben wirs zu schaun;
Was dem Ohr sich zugesellet,
Gibt uns nicht ein gleich Vertraun.
Darum deine lieben Worte
Haben oft mir wohlgetan;
Doch ein Blick am rechten Orte,
Übrig läßt er keinen Wahn.

Wenn ich auf dem Markte geh
Durchs Gedränge
Und das hübsche Mädchen seh
In der Menge –
Geh ich hier, sie kommt heran,
Aber drüben;
Niemand sieht uns beiden an,
Wie wir lieben.

»Alter, hörst du noch nicht auf!
Immer Mädchen!
In dem jungen Lebenslauf
Wars ein Käthchen.
Welche jetzt den Tag versüßt,
Sags mit Klarheit!«
Seht nur hin, wie sie mich grüßt –
Es ist die Wahrheit!

Wenn ich mir in stiller Seele
Singe leise Lieder vor:
Wie ich fühle, daß sie fehle,
Die ich einzig mir erkor –
Möcht ich hoffen, daß sie sänge,
Was ich ihr so gern vertraut;
Ach, aus dieser Brust und Enge
Drängen frohe Lieder laut!

War schöner als der schönste Tag,
Drum muß man mir verzeihen,
Daß ich sie nicht vergessen mag,
Am wenigsten im Freien.
Im Garten wars, sie kam heran,
Mir ihre Gunst zu zeigen;
Das fühl ich noch und denke dran
Und bleib ihr ganz zu eigen.

Um Mitternacht – ich schlief, im Busen wachte
das liebevolle Herz, als wär es Tag;
Der Tag erschien – mir war, als ob es nachte:
Nun fehlt sie mir, was er auch bringen mag.

Sie fehlte mir; mein emsig Tun und Streben,
Für sie allein ertrug ichs durch die Glut
Der heißen Stunde; welch erquicktes Leben
Am kühlen Abend! lohnend wars und gut.

Die Sonne sank, und Hand in Hand verpflichtet
Begrüßten wir den letzten Segensblick,
Und Auge sprach, ins Auge klar gerichtet:
Von Osten, hoffe nur, sie kommt zurück.

Um Mitternacht! – der Sterne Glanz geleitet
In holdem Traum zur Schwelle, wo sie ruht.
O sei auch mir dort auszuruhn bereitet!
Wie es auch sei, das Leben, es ist gut.

ERINNERUNG

Er

Gedenkst du noch der Stunden,
Wo eins zum andern drang?

Sie

Wenn ich dich nicht gefunden,
War mir der Tag so lang.

Er

Dann herrlich! ein Selbander,
Wie es mich noch erfreut.

Sie

Wir irrten uns aneinander:
Es war eine schöne Zeit.

EINLASS

Houri

Heute steh ich meine Wache
Vor des Paradieses Tor,
Weiß nicht grade, wie ichs mache,
Kommst mir so verdächtig vor!

Ob du unsern Mosleminen
Auch recht eigentlich verwandt?
Ob dein Kämpfen, dein Verdienen
Dich ans Paradies gesandt?

Zählst du dich zu jenen Helden?
Zeige deine Wunden an,
Die mir Rühmliches vermelden,
Und ich führe dich heran.

Dichter

Nicht so vieles Federlesen!
Laß mich immer nur herein:
Denn ich bin ein Mensch gewesen,
Uns das heißt ein Kämpfer sein.

Schärfe deine kräftgen Blicke!
Hier durchschaue diese Brust,
Sieh der Lebenswunden Tücke,
Sieh der Liebeswunden Lust!

Und doch sang ich gläubger Weise:
Daß mir die Geliebte treu,

Daß die Welt, wie sie auch kreise,
Liebevoll und dankbar sei.

Mit den Trefflichsten zusammen
Wirkt ich, bis ich mir erlangt,
Daß mein Nam in Liebesflammen
Von den schönsten Herzen prangt.

Nein! du wählst nicht den Geringern!
Gib die Hand, daß Tag für Tag
Ich an deinen zarten Fingern
Ewigkeiten zählen mag.

Dieses Büchlein bedarf sachlich gewiß keiner Erklärung, noch weniger einer Rechtfertigung; aber auch, was die Anordnung betrifft, dürfte eine Erläuterung überflüssig sein: der Zeitfolge gemäß, in der die Mädchen- und Frauen-Gestalten in Goethes Leben eintraten, erscheinen sie auch hier, und innerhalb der einzelnen Gruppen sind die Gedichte nach Möglichkeit chronologisch aneinandergereiht.

Als Prolog wußten wir diesem Liebesbrevier nichts Passenderes und Schöneres voranzustellen, als jene wunderbare Schilderung eines Dichterjünglings, in der, unter Anrufung des

»Genius unsers Vaterlands«,

der dreiundzwanzigjährige Goethe unbewußt sich selbst geschildert hat. Seinen Wunsch: »Laß die beiden sich finden«, hat der Vaterlandsgenius an ihm zwar nicht erfüllt, trotzdem aber, und überschwenglich reich, die von Goethe an die Erfüllung jenes Wunsches geknüpfte Prophezeiung:

»Wahrheit wird in seinen Liedern sein
und lebendige Schönheit.«

Als Epilog und Ausklang bot sich von selbst jenes Gespräch am Tor des Paradieses dar, in dem wir den greisen Dichter mit dem Jünglingsherzen erblicken, wie er demütig-stolz, auf die Lebens- und Liebeswunden seiner Brust zeigend, Einlaß begehrt, um im Paradiese mit jugendlicher Lust, Ewigkeiten entlang, Liebesfreude und Frauenschönheit in immer neuen Liedern zu preisen.

(Soweit irgend möglich, ist in den Texten überall die erste, älteste Fassung gegeben worden, denn in dieser allein haben wir die Form vor uns, wie das Gedicht aus Goethes Herzen im Volldrang des Gefühls hervorbrach, als er vom Bilde der Geliebten beseelt war. Bei den späteren Fassungen und Umgestaltungen, die in den Ausgaben der »Werke« jedermann zugänglich sind, war das Gefühl längst erkaltet, der Künstler bildete das Vorhandene mit Kunstverstand nach Prinzipien um.) H. G. G.

Die Folge von Goethes Liebesgedichten hat in der Welt nicht ihresgleichen. An Fülle und gleichmäßiger Vollkommenheit mögen sie einige Canzonieri der Renaissance und Sammlungen des Barock übertreffen. Doch keinem andern Dichter war es vergönnt, von seinem achtzehnten bis zum achtzigsten Lebensjahr auf immer neue und immer ursprüngliche Weise von Glück und Leid der Liebe, aber vor allem von ihrem Glück zu sprechen. Bei keinem andern Dichter begegnen wir einer so langen Reihe unverwechselbar individueller Gestalten. Mit jeder neuen Geliebten scheint sich Goethe eine neue Welt zu eröffnen. Er spricht von jeder und zu jeder in anderem Ton, ja in anderem Stil. Kein Leser, der nicht Bescheid weiß, würde auf den ersten Blick annehmen, daß die Lieder an Friederike mit ihrem Anklang an das Volkslied von demselben Verfasser stammen wie die orientalisierenden Gedichte an Marianne, daß dasselbe Gemüt der Sinnenlust der »Römischen Elegien« und der schon fast der Welt entrückten hohen Geistigkeit der »Trilogie der Leidenschaft« fähig war. Und dennoch bleibt Goethe immer derselbe. Die Einheit seines Wesens ist so erstaunlich wie seine Wandelbarkeit. Wie sich die *eine* Pflanze, das Urbild, in die unübersehbar bunte Fülle der Pflanzenwelt entfaltet, entfaltet sich hier eine Urform der Liebe, von der die Welt vor Goethe nichts wußte, in überraschenden Metamorphosen.

Die frühesten Gedichte der Sammlung gelten Käthchen Schönkopf, der Geliebten der Leipziger Studienjahre. Goethe ist achtzehn Jahre alt, beflissen, sich die französische Lebensart in »Klein-Paris« anzueignen, verliebt, eifersüchtig, galant und lüstern im Stil der Schäferspiele, von denen er selber eines nach den damals beliebten Mustern verfaßt. Nur hie und da klingt ungewöhnliche Innigkeit in der Sprache auf. Der neue Ton setzt sich nicht durch. Der Zyklus »Annette« gehört noch fast ganz der Epoche des Rokoko an. Und ähnlich getönt sind auch noch einige

Lieder an Friederike Brion. Doch in »Willkommen und Abschied« und im »Maifest« (später zu »Mailied« umgearbeitet) bricht sich ein unerhörtes seelisches Ereignis dichterisch Bahn. Goethe setzt nach schwerer Krankheit seine Studien in Straßburg fort. Von Herder geleitet, lernt er das Volkslied schätzen. In Sesenheim, einem nahen Dorf, begegnet er Friederike, der Tochter des Landgeistlichen Brion. Ihr gelten die ersten Gedichte, in denen wir unzweideutig Goethe erkennen:

O Mädchen, Mädchen,
Wie lieb ich dich!
Wie blinkt dein Auge!
Wie liebst du mich!

In aller Einfalt kündigen diese Verse jenes Wechselspiel von Geben und Empfangen an, auf dem für Goethe die glückliche Liebe und damit der Sinn des Lebens beruht, eine Liebe, die von vornherein die ganze Welt umfaßt: Wie er Friederike liebt, so liebt die Lerche Gesang und Luft und lieben die Morgenblumen den Himmelsduft. Die Liebe, die sein Herz beseligt, ist dieselbe Liebe, die als göttlicher Hauch das All durchdringt. So führt ein gerader Weg vom »Maifest« zu der Hymne »Ganymed«. Das unauffällige Bekenntnis begegnet uns dort zu kosmischem Entzücken gesteigert in dem Ruf an die Gottheit »Umfangend umfangen« wieder, der Formel, die Goethes Erfahrung des Lebens unübertrefflich zusammenfaßt, Erfahrung eines Geistes, der sich nicht in romantischer Wonne verliert, aber auch nicht eigenmächtig behauptet, sondern im schwebenden Gleichgewicht von Ich und Du die Gnade findet.
Der Schmerz des unvermeidlichen Abschieds und die Erkenntnis, Friederike gegenüber schuldig zu sein, kommt in den Gedichten nicht zur Sprache, wohl aber, viel später, in »Dichtung und Wahrheit«: »Eine solche jugendliche, aufs Geratewohl gehegte Neigung ist der nächtlich geworfenen Bombe zu vergleichen, die in einer sanften glänzenden Linie aufsteigt, sich unter die Sterne mischt, ja einen

Augenblick unter ihnen zu verweilen scheint, alsdann aber abwärts, zwar wieder dieselbe Bahn, nur umgekehrt, bezeichnet und zuletzt da, wo sie ihren Lauf geendet, Verderben hinbringt.« Auch das Unglück in der Liebe zu Lotte Buff, dessen Darstellung in der Prosa der »Leiden des jungen Werthers« Goethe den ersten Weltruhm verdankt, trägt in der Lyrik keine Früchte.

Von gleicher Innigkeit wie die Lieder an Friederike, aber nun auch von bewußterer Meisterschaft zeugen manche Gedichte an Lili Schönemann, die elegante junge Dame aus den Kreisen der Frankfurter Geldaristokratie. Goethe gerät in einen Konflikt, der ihm, in immer neuen Formen, zeitlebens zu schaffen machen wird. Er glaubt sich von allen Konventionen befreit zu haben und jeden Augenblick nur der Natur vertrauen zu dürfen. Durch Lili wird er nun aber genötigt, sich den Gepflogenheiten der großen Gesellschaft zu fügen. Es ist ihm unerträglich, so oft sein wahrstes Wesen verleugnen zu müssen, unerträglich aber auch der Gedanke, auf Lili zu verzichten. Er hat indes nicht das Gefühl, in eine tragische Not geraten zu sein. In »Lilis Park« verspottet er sich selbst unwirsch als gezähmten Bären. Er kapituliert, indem er sich, nach dem Wunsch der Familie, mit Lili verlobt. Er flieht und sucht sich, während der ersten Schweizerreise, alles Störende aus dem Sinn zu schlagen – ein unentschlossenes Hin und Her, das aber stets von dem unwiderstehlichen Reiz des geliebten Mädchens umspielt wird, Lilis, der der Dichter in »An Belinden«, dem Kleinod der Reihe, nachrühmt, daß ihre Güte und Liebe sogar die lästigste Umgebung in Natur zu verwandeln imstande sei. Ein dichterischer Trost, der im Leben versagt. Dem langen Zaudern und Schwanken bereitet die Übersiedlung nach Weimar ein Ende. Lilis Bild verblaßt in der Gegenwart Charlotte von Steins und leuchtet erst viel später, im siebzehnten Buch von »Dichtung und Wahrheit«, wieder auf.

Die Frage scheint nahezuliegen, wie die Frauen, die wir so kennen, wie er sie gesehen hat, »in Wirklichkeit«, unabhängig von seinem schöpferischen Blick, gewesen seien – eine vielleicht sinnlose

Frage, da alle Wirklichkeit eines Menschen nicht nur allein in Begegnungen zugänglich ist, sondern eigentlich erst entsteht und zumal in der Liebe jedes Du vom Ich geprägt wird und umgekehrt. Dennoch können wir es nicht lassen, gelegentlich darüber nachzudenken, zumal bei Charlotte von Stein, der Frau, die so lange Jahre wie keine andere mit Goethe aufs engste verbunden war und von außen gesehen ganz anders erscheint als in dem Spiegel der Augen des Dichters. Wir hören von ihrer Gleichgültigkeit gegenüber dem Gatten und den Kindern, glauben zu sehen, wie sie sich in selbstgerechtem Hochmut gefällt, eine zu jedem Opfer bereite Liebe mit Schulmeisterei erwidert und unbedingte Treue fordert, ohne selber je auf ihre strenge Zurückhaltung zu verzichten. Bei Goethe sieht dies ganz anders aus. Ihre Unnahbarkeit erscheint in dem geisterhaft kühlen Licht des Mondes, ihre Strenge als Botschaft der Sitte, die nicht als Konvention, vielmehr als Einklang von Gesetz und Neigung und insofern als eine alle Gegensätze umfassende, im wahrsten Sinne »schöne« Lebensgestalt zu verstehen ist. Im Sinne dieser Sitte hofft Goethe, sich der Geliebten fügen zu können, ohne sich selber verleugnen zu müssen. Mit beispielloser Energie versucht er sich seinem Ziel zu nähern. Doch auch der ehernste Wille vermochte den Zustand nicht auf die Dauer zu meistern. Bei allem Zauber, der von den Nachtliedern und dem rätselhaften Wunder des Liedes »An den Mond« ausgeht, ist es doch fast beängstigend, wie helles Licht und starke Farben während der ersten Weimarer Jahre aus der Dichtung Goethes verschwinden und alles nur noch leicht berührt wird und sich bleich und schattenhaft ausnimmt.
Im Herbst 1786 beginnt die italienische Reise. Goethe bezeichnet sie selbst als Flucht. Gemeint ist die Flucht von nordischer Hypochondrie, aus bedrückenden Amtsgeschäften, aber auch aus den Fesseln einer Liebe, die eine Entwicklung im Sinn des noch verborgenen Lebensgesetzes hemmt. Von den Frauen, die in Rom bedeutsam werden, ist wenig zu sagen, sowohl von der legendären Faustina wie von der schönen Mailänderin, die in der Prosa des

Reiseberichts viel gegenwärtiger ist als in den beiden Gedichten, die ihr gelten. Die eigentliche lyrische Ernte der italienischen Jahre hat Goethe erst nach der Heimkehr eingebracht, in den »Römischen Elegien«, in denen die neue Liebe zu Christiane auf den südlichen Schauplatz verlegt wird und das Weimarer Blumenmädchen, das Goethe in sein Haus aufnimmt, als junge römische Witwe auftritt. Dichtung im Stil und in der Form der lateinischen Elegiker soll erneuert werden. August Wilhelm Schlegel, einer der ersten berufenen Leser des Zyklus, fand, dies sei vollkommen geglückt, und wagte sogar zu erklären, Goethe habe die römische Literatur mit deutschen Gedichten bereichert. Heute steht man solchen Bemühungen wohl etwas skeptischer gegenüber und scheint es nötig klarzustellen, daß Goethes Verfahren nichts mit dem traditionellen Humanismus zu tun hat. Der klassische Stil, sogar das Versmaß, Hexameter und Pentameter, werden einzig in der mittleren Phase seines lyrischen Schaffens bedeutsam. Das heißt, der Dichter »wendet« die klassische Form nicht »an«. Er wächst ihr entgegen. Es handelt sich nicht um Nachahmung der Antike, sondern um Wiedergeburt, um eine Renaissance, die sich nicht auf die Literatur beschränkt, sondern das ganze Leben umfassen soll, ein auf die Gegenwart ausgerichtetes, von christlichen Sorgen unbeschwertes, unbefangen-sinnenfrohes. Daß dies in Weimar nur in engster Beschränkung möglich war, zeigte sich bald. Doch von dem Ärgernis, das Goethes Heidentum erregte, von der schwierigen Stellung Christianes in der Gesellschaft findet sich in den Elegien keine Spur. Goethe hatte Grund, im Alter über die Gruppe das Motto zu setzen:

Wie wir einst so glücklich waren,
Müssens jetzt durch euch erfahren.

In der lyrischen Liebesdichtung folgt nun eine längere Pause. Es ist nicht Goethes Art, sich in erreichter Meisterschaft auszuruhen. Er sucht für einen noch schwankenden neuen Zustand einen neuen Stil und glaubt ein geeignetes Vorbild in dem Canzoniere

Petrarcas zu finden. Nachdem ihm alle bisher gepflegten Formen zu leicht geworden sind, begrüßt er die Schwierigkeit des Sonetts und eifert er, auch in etwas spitzfindigen Themen, dem Italiener nach. Wem aber gelten die Sonette? Goethe hat nachweislich manches den Briefen Bettina Brentanos entnommen, die denn auch den Zyklus als an sie gerichtet in Anspruch nahm. Die Auflösung der »Charade« lautet aber eindeutig »Herzlieb«, womit nur Minna Herzlieb gemeint sein kann, die Pflegetochter des Buchhändlers Fromann, die Goethe 1807 als Achtzehnjährige kennenlernte. Daß er sie nicht nur väterlich liebte, scheint ihr, nach ihren Briefen zu schließen, gar nicht bewußt geworden zu sein. Es bleibt hier aber manches dunkel. Wir wissen nicht einmal sicher, ob Minna es ist, die in der Ottilie der »Wahlverwandtschaften« dichterische Gestalt gewonnen hat. Man nimmt die Sonette besser als ein hie und da abgründiges, aber doch virtuoses Spiel und lasse sich durch keine biographischen Nebengedanken stören. Während in den Befreiungskriegen »Nord und West und Süd zersplittern«, bereitet sich Goethe zu einer neuen, diesmal freilich nur literarischen, Flucht in die Welt des Orients. In dem persischen Dichter Hafis erkennt er einen verwandten Geist. Er ist bereits mit den morgenländischen Fabeln, Bildern und Zeichen vertraut, als er im Jahre 1814 und wieder 1815 in Frankfurt bei dem Bankier Willemer wohnt, der sich mit Marianne Jung, einer ehemaligen Schauspielerin und Tänzerin, vermählt hat, um sie den Gefahren der Bühne zu entziehen. Goethe sieht sie sogleich als Suleika, eine der großen Liebenden des orientalischen Sagenkreises, und alles, was ihm von östlicher Dichtung schon bekannt, aber doch nur halb lebendiges Wissen geblieben ist, verstrahlt nun in der Liebe zu Marianne märchenhaften Glanz. Und wieder, wie schon bei Friederike Brion, wird ihm in der Geliebten das ganze Geheimnis des Lebens entschlüsselt. Er feiert sie in einer dem persischen Ghasel verwandten Form als die Allgegenwärtig-Eine, entdeckt sie im Morgennebel, in der Wolke, die sich umgestaltet, im Wachstum einer jungen Zypresse und hört in allen hundert

Namen Allahs auch einen Namen für sie. Noch für den mehr als sechzigjährigen Dichter ist die Liebe das Seelenorgan, mit dem er das ewige, göttliche Werden, Wirken und Walten erfaßt.
Von Marianne sieht er sich nun aber doch noch auf andere, durchaus einzigartige Weise beschenkt. Er hat sie in orientalisierenden Versen, Chiffern und Tropen gefeiert, und siehe da! sie erwidert seine Liebesworte im gleichen Stil, in einigen Gedichten, die zu den erstaunlichsten gehören, die seit den Tagen Sapphos je von Frauen ersonnen worden sind, erwidert sie als sein Geschöpf, als die von ihm geschaffene und nun selber schöpferische Suleika. Immer wieder drängen sich Goethe die Worte »ewig« und »göttlich« auf, wenn von der Liebe die Rede ist – mit Recht! erfährt er doch seine Liebe als Teilhabe an der göttlichen Liebe, die ewig war und ist und sein wird. Doch diese Liebe wohnt zugleich im Herzen eines vergänglichen Menschen, der sich unablässig verwandelt. Sie erwacht, flammt auf und glüht und erlischt nach unerfindlicher Laune des Schicksals. Ein Antlitz, das ein Spiegel der Gottheit gewesen ist, verliert seinen Reiz. Ein Umkreis von Gefühlen erschöpft sich. Der Liebende verliert die Kraft, den Lebensumständen, die ihm vielleicht nicht günstig sind, zu widerstehen. Er scheidet von der Geliebten, die er im Herzen bereits verloren hat, und in Leiden und Öde geht zu Ende, was göttlich und ewig gewesen ist.
Keinem andern Dichter hätte sich diese Gefahr so verstörend einprägen können wie Goethe, der immer auf das Eine Göttliche ausgerichtet und doch in ständigem Wandel begriffen war. Indem er sich ständig wandelte, nie stockte und sich nie versteifte, blieb er dem ständig sich wandelnden Leben treu. Wie aber ließ sich mit dieser Treue die Treue zu einer Geliebten vereinen? Im »West-östlichen Divan« läßt Goethe Suleika jene Worte sprechen, in denen der quälende Widerspruch sich milde aufzulösen scheint:

Der Spiegel sagt mir ich bin schön!
Ihr sagt: zu altern sei auch mein Geschick.

Vor Gott muß alles ewig stehn,
In mir liebt Ihn, für diesen Augenblick.

Worte der reinsten Lebensweisheit, gewiß! Doch wer ist ihnen gewachsen? Suleika selber, wenn für sie der Augenblick vorüber ist, in dem das Göttliche in ihr aufglänzt? Diese lebenswirkliche Frage hat Goethe schwer geängstigt, und immer wieder anders hat er versucht, dem Unheil zu entrinnen. Bei Marianne von Willemer glaubte er, selbst geborgen zu sein und der Geliebten das Leiden zu ersparen, indem er nicht als Goethe, sondern als Hatem zu ihr als Suleika sprach und jeden Liebesgruß, ja jede Empfindung östlich kostümierte. ›Verstehe mich recht, es ist ein Spiel‹ – das scheint er ihrem und auch dem eigenen Herzen ständig vorzusagen. Er glaubte sich dazu berechtigt, weil er es sich zugleich versagte, gewisse Grenzen zu überschreiten. Aber das Leben gab ihm Unrecht. Er selber geriet beim Abschied in einen Zustand, der an Verzweiflung grenzte, und Mariannes innerer Friede war für lange Jahre dahin. Alle Vorsicht und Zurückhaltung hatte sich als vergeblich erwiesen.
Es ist aber unerläßlich, die zarte Scheu, die Goethe zu wahren tiefstes Bedürfnis war, hervorzuheben. Die Nachwelt, die nur ungefähr Bescheid weiß, sah ihn und sieht ihn noch heute als unbedenklichen Herzensbrecher und traut ihm wohl gar Frivolität zu. Nichts lag ihm ferner. Nach der »aufs Geratewohl« gehegten jugendlichen Neigung war er nicht mehr unbefangen. Er wußte, in welche gefährliche Zone ein Liebender eintritt, der seine Liebe nicht ganz im Innern zu bergen vermag. Er konnte in leidenschaftlicher Aufwallung dieses Wissen manchmal vergessen. Er mochte zu Zeiten glauben, das Verhängnis mit subtilen seelischen Künsten überlisten zu können. Die warnende Stimme verstummte doch nie: Wie kann es geschehen, daß Liebe zerstört? Es scheint unmöglich, doch es geschieht.
In den Liebesgedichten des Vierundsiebzigjährigen, zumal in der »Marienbader Elegie« (»Was kann ich nun vom Wiedersehen

hoffen . . .«) verschwindet die Gestalt der Geliebten, die damals achtzehnjährige Ulrike von Levetzow, ganz in dem Bekenntnis einer zur Mystik neigenden, religiös vertieften, dieser Welt schon fast entrückten Liebe. Wir wissen, daß sich der greise Dichter 1823 zu einem Heiratsantrag hinreißen ließ, den der Großherzog Karl August, der sich damals gleichfalls in Marienbad aufhielt, Ulrikes Mutter zu übermitteln die Güte hatte, daß der Bescheid ausweichend lautete und Goethe nach schweren Qualen des Abschieds sich endlich in sein Schicksal fügte. Von diesen persönlichen und lokalen Bezügen findet sich in den Gedichten kaum eine Spur. Einzig gegenwärtig scheint der einsam in das Weltgeheimnis vertiefte Geist des alten Mannes.
In einem noch später entstandenen Gedicht – »Der Bräutigam« – wohnen wir sogar dem fast beklemmenden Schauspiel bei, daß sich die Individualität der Geliebten in der Erinnerung Goethes auflöst. Dem Titel nach können die Verse sich nur auf Lili Schönemann beziehen. Die ihr gewidmeten Kapitel in »Dichtung und Wahrheit« stammen aus derselben Zeit. In dieser eigentümlich bewegten Schilderung früher Jahre klingt der immer noch nicht verwundene Schmerz um Ulrike von Levetzow nach. Zugleich begegnen wir Einzelheiten, die uns aus den »Wahlverwandtschaften«, also doch wohl aus dem Bereich der Neigung zu Minna Herzlieb, bekannt sind. Und schließlich ist vermutet worden, daß auch der Tod der Frau von Stein im Jahre 1827 an dem Gedicht beteiligt sei. So fließen die Gestalten in das »Ewig-Weibliche« zusammen. Und wenn wir noch bedenken, daß Goethe in einem »Divan«-Gedicht »Idee und Liebe« als das einzige, aber alles ersetzende Gut bezeichnet, das ihm im Alter geblieben sei, so scheint er uns in dem geisterhaften Gedicht mit dem vielumstrittenen Titel als Bräutigam der Idee zu sprechen, der, aller Leiden ungeachtet, gläubig bekennt:

Wie es auch sei, das Leben, es ist gut.

Emil Staiger

INHALT

PROLOG

Für Sie 7
Laß, o Genius unsers Vaterlands 9

I. ANNETTE

Anna Katharina Schönkopf

1. Annette an ihren Geliebten (1766 September 24, Leipzig) 15
2. An den Schlaf (1766/7; erste Fassung unbekannt) 15
3. Die Liebhaber (1767 Mai, Leipzig) 16
4. An Annetten (1767 August, Leipzig) 19
5. An meine Lieder (1767 August, Leipzig) 19
6. Der wahre Genuß (1767 Nov./Dez. 4, Leipzig) 20
7. Die Nacht (1768 Mai, Leipzig) 23
8. An Venus (1768, Leipzig) 24
9. Der Schmetterling (1768 Mai, Leipzig) 25
10. Das Glück, an Annetten (1768, Leipzig) 26
11. Unbeständigkeit (1768, Leipzig) 27
12. Die Reliquie (1768 Ende Sommer, Frankfurt) 27
13. Die Liebe wider Willen (1768 Herbst, Frankfurt) 29
14. Das Glück der Liebe (1768 Herbst, Frankfurt) 29
15. An den Mond (1768 Herbst, Frankfurt) 31
16. An meine Lieder (1769 Februar, Frankfurt) 32

II. FRÄNZCHEN

Franziska Crespel

1. Der Abschied (1770 März, Frankfurt) 35

III. RIKCHEN

Friederike Brion

1. Ein grauer, trüber Morgen (1770 gegen Ende Oktober, Straßburg) 39
2. Ich komme bald, ihr goldnen Kinder! (1770 Dezember Mitte, Straßburg) 40

3. Es schlug mein Herz; geschwind zu Pferde! (1771 März 2?, Straßburg) 40
4. Jetzt fühlt der Engel, was ich fühle (1771 März, Straßburg) 41
5. Kleine Blumen, kleine Blätter (1771 März/April, Straßburg) 42
6. Balde seh ich Rickchen wieder (1771 April Ende, Straßburg) 43
7. Maifest (1771 Mai Anfang, Straßburg oder Sesenheim) 43
8. Erwache, Friedericke (1771 Mai, Sesenheim) 45
9. Ach, wie sehn ich mich nach dir (1771 September?, Frankfurt) 46

IV. LOTTE

Charlotte Buff

1. Wenn einen seligen Biedermann (1773 September 1. Hälfte, Frankfurt) 49

V. LILI BELINDE

Elisabeth Schönemann

1. Neue Liebe neues Leben (1775 Januar/Februar, Frankfurt) 53
2. An Belinden (1775 Januar/Februar, Frankfurt) 54
3. Den kleinen Strauß, den ich dir binde (1775 Januar, Frankfurt) 55
4. Lilis Park (1775 Mai 1. Hälfte, Frankfurt) 55
5. Vom Berge in die See (1775 Juni 15, oberhalb Richterswyl) 60
6. Und frische Nahrung, neues Blut (1775 Juni 15, auf dem Züricher See; Vers 1/3 sind hier ausnahmsweise nicht in der ältesten Fassung gegeben) 61
7. Im Herbst 1775 (1775 September, Offenbach bei Frankfurt) 62
8. Holde Lili, warst so lang (1775 Dezember 24, Waldeck bei Bürgel) 62

9. An ein goldnes Herz, das er am Halse trug (1775 Ende, Weimar) 63
10. Jägers Nachtlied (1775 Ende, Weimar) 63
11. An Lili (1776 Januar, Weimar) 64

VI. LIDA

Charlotte v. Stein, geb. v. Schardt

1. Warum gabst du uns die tiefen Blicke (1776 April 14, Weimar) 67
2. Dem Schnee, dem Regen (1776 Mai 6, Ilmenau) 69
3. Hier bildend nach der reinen stillen (1776 Juni 29, Weimar) 69
4. Und ich geh meinen alten Gang (1776 Juli, Weimar) 70
5. Zwischen Felsen wuchsen hier (1776 Juli 21, Ilmenau) 70
6. Ach, so drückt mein Schicksal mich (1776 Juli 22/3, Ilmenau) 70
7. Ach, wie bist du mir (1776 August 7, Elgersburg) 71
8. Hierhergetrabt, die Brust voll . . (1776 September 2, Kranichfeld) 71
9. Ich bin eben nirgend geborgen (1776 Oktober 16, Dornburg) 71
10. An den Geist des Johannes Secundus (1776 November 2, Weimar) 72
11. Was mir in Kopf und Herzen stritt (1777 April 28, Weimar) 73
12. An den Mond (zwischen 1777 November und 1778 Februar, Weimar) 73
13. Mit einer Hyazinthe (1778 April 25, Weimar) 74
14. Wie einst Titania . . (1778 Dezember ?, Weimar) 75
15. Du machst die Alten jung, die Jungen alt (1779 Januar 1, Weimar) 75
16. Deine Grüße hab ich wohl erhalten (1779 April 19, Weimar) 75

17. Zum Tanze schick ich dir den Strauß (1780 Dezember 9, Weimar) 76
18. Sag ichs euch, geliebte Bäume (1780 Dezember 16, Weimar) 76
19. Eine schädliche Frucht (1781 Juni 1, Weimar) 77
20. Euch bedaur ich, unglückselge Sterne (1781 September 20, Weimar) 77
21. Einen wohlgeschnitzten Becher (1781 September 22, Weimar) 77
22. Den Einzigen, Lotte, welchen (1781 Oktober Anfang, Gotha) 79
23. Königen, sagt man, hat (1782 April 12, Meiningen) 79
24. Arm an Geiste kommt (1782 Frühling) 79
25. Frage nicht nach mir, und (1782 Frühling) 79
26. Erkanntes Glück (1782 Frühling) 80
27. Erwählter Fels (1782 Frühling) 80
28. Von mehr als Einer Seite verwaist (1782 September Mitte, Weimar) 80
29. Bin so in Lieb zu ihr versunken (1782 November 25 oder aus älterer Zeit) 81
30. Was ich leugnend gestehe (1784 Juni) 82
31. Felsen sollten nicht Felsen (1784 Juni) 82
32. Gewiß, ich wäre schon so ferne, ferne (1784 August 24, Braunschweig) 82
33. Denn was der Mensch .. (1784 August vor 30, Braunschweig) 83
34. Woher sind wir geboren? (1786 Juni, Weimar) 83
35. Daß du zugleich mit dem heilgen Christ (1815 Dezember 25, Weimar) 84
36. Zwischen beiden Welten (1820 Frühjahr?) 84

VII. FAUSTINA

Faustina Antonini, geb. di Giovanni

1. Noch ist Italien, wie (1790 April, Venedig) 87

VIII. DIE SCHÖNE MAILÄNDERIN

Maddalena Riggi

1. Amor als Landschaftsmaler (zwischen 1787 Herbst, Castello Gandolfo, und 1788 Februar, Rom) 91
2. Cupido, loser, eigensinniger Knabe (1787 Spätherbst, Rom) 94

IX. CHRISTIANE

Christiane Vulpius

Ich habe geliebet (1813 April 19, Oschatz) 96
Gott hab ich und die Kleine (nach 1816?) 96
1. Der Besuch (1788 August, Weimar) 97
2. Morgenklagen (1788 Spätsommer, Weimar) 99
3. Frech und froh (1788 Spätsommer?) 102

(zwischen 1788 Herbst u. 1790 Herbst):
4. Laß dich, Geliebte, nicht reun 102
5. Fromm sind wir Liebende, still 103
6. Froh empfind ich mich nun 104
7. Kannst du, o Grausamer! mich 105
8. Wenn du mir sagst, du habest 106
9. Herbstlich leuchtet die Flamme 106
10. Alexander und Cäsar und Heinrich 107
11. Amor bleibet ein Schalk 107
12. Zünde Licht an, Knabe 109
13. Cäsarn wär ich wohl nie 109
14. Warum bist du, Geliebter 111
15. Manche Töne sind mir 112
16. Eines ist mir verdrießlich 112
17. Zieret Stärke den Mann 113

18. Süße Sorgen (1788 November 16, Weimar) 114
19. Ach! mein Hals ist ein wenig (1789 Sommer) 115
20. Wonniglich ists, die Geliebte (1789 Herbst) 115
21. Schwer erhalten wir uns (1789 Dezember 24, Weimar) 115
22. Hörest du, Liebchen! das muntre (1790 Februar 8 oder Oktober 8, Weimar) 118

23. Immer halt ich die Liebste	(1790, April/Juni, Venedig)	119
24. Warum treibt sich das Volk		120
25. Süß, den sprossenden Klee	(1790 April/Juni, Venedig)	120
26. Schläfst du noch immer		121
27. Oft sind alle neune		121
28. Welch ein Mädchen ich wünsche		121
29. Das ist dein eigenes Kind nicht		121
30. Wißt ihr, wie ich gewiß		122
31. Göttlicher Morpheus, umsonst		122
32. O! wie achtet ich sonst		122
33. Du erstaunest und zeigst		122
34. Glänzen sah ich das Meer		122
35. Ach! mein Mädchen verreist!		123
36. Oftmals hab ich geirrt		123
37. Traurig, Midas, war dein Geschick		123
38. Und so tändelt ich mir		124
39. Weit und schön ist die Welt		124
40. Arm und kleiderlos war sie	(1790 Sommer, Schlesien)	124
41. In der Dämmrung des Morgens		124
42. Von Osten nach Westen (1795 Juli 15, Karlsbad)		125
43. Einer (1796)		125
44. Der neue Pausias und sein Blumenmädchen (1797 Mai 22/3, Jena)		126
45. Amyntas (1797 September 20, Zürich)		134
46. Die Metamorphose der Pflanzen (1798 Juni 17/8, Jena)		135
47. Im Vorübergehn (1813 August?)		139
48. Gefunden (1813 August 26, zwischen Weimar und Stadt-Ilm)		140
49. Frühling übers Jahr (1816 März 15, Weimar)		141
50. Den 6. Juni (1816 Juni 6, Weimar)		142

X. BETTINA

Elisabeth Brentano

1. Du siehst so ernst, Geliebter! (1807 Dezember 6, Jena) 145
2. Mächtiges Überraschen (1807 Dezember nach 6, Jena) 145
3. Jähe Trennung (1807 Dezember nach 6, Jena) 146
4. Die Liebende schreibt (1807 Dezember nach 6, Jena) 147
5. Die Liebende abermals (1807 Dezember nach 6, Jena) 148
6. Sie kann nicht enden (1807 Dezember nach 6, Jena) 148

XI. MINCHEN

Wilhelmine Herzlieb

1. Freundliches Begegnen (1807 Dez. vor 13, Jena) 153
2. Wachsende Neigung (1807 Dezember 13 Mitternacht, Jena) 153
3. Nemesis (1807 Dezember, Jena) 154
4. Ihr liebt, und schreibt Sonette! (1807 Dezember, Jena) 155
5. Ich zweifle doch am Ernst (1807 Dezember, Jena) 156
6. Charade (1807 Dezember 16 oder 17, Jena) 157
7. Gewöhnung (1807 Dezember, Jena) 157
8. Warnung (1807 Dezember, Jena) 158
9. Epoche (1807 Dezember, Jena) 159
10. Christgeschenk (1807 Dezember 23/4, Weimar) 160
11. Entsagen (1807 Dezember/1808 Januar) 160
12. An Fräulein Wilhelmine Herzlieb (1817 Mai 22, Jena) 161

XII. SULEIKA

Marianne v. Willemer, geb. Jung

Hast mir dies Buch geweckt (1818 Mai 3?, Jena?) 164
Sing mir die Lieder an Suleika (1820 April/Mai) 164
Myrt und Lorbeer hatten sich verbunden (1823 Oktober 18, Weimar) 164
1. Ich besänftge mein Herz (1814 Oktober 18, Willemerhäuschen bei Frankfurt) 165
2. Ists möglich, daß ich, Liebchen (1815 Januar?) 165
3. Guter Tag (1815 Februar 7, Weimar) 165

4. Tulbend (1815 Februar 17, Weimar) 165
5. Hätt ich irgend wohl Bedenken (1815 Februar 17, Weimar) 166
6. Abraxas (1815 März Anfang/Juni 21) 167
7. Allgegenwärtige (1815 März 16, Weimar) 169
8. Kaisergaben (1815 März 17/Mai 17, Weimar) 170
9. Liebchen benamst (1815 Mai 24, Eisenach) 172
10. Dichter benamst (1815 Mai 24, Eisenach) 173
11. Nachtgespenster (1815 Mai 24, Eisenach) 173
12. Hudhud (1815 Mai 25/7, Frankfurt oder Wiesbaden) 174
13. Rosenöl (1815 Mai 25/7, Frankfurt oder Wiesbaden) 175
14. Locken (1815 vor Mai 30) 176
15. Wie irrig wähnest du (1815 Mai) 177
16. Nicht Gelegenheit macht Diebe (1815 September 12, Frankfurt) 177
17. Suleika. Als ich auf dem Euphrat schiffte (1815 September 17, Gerbermühle) 178
18. Hatem. Dies zu deuten, bin erbötig (1815 September 17, Gerbermühle) 178
19. Die schön geschriebenen (1815 September 21, Heidelberg) 179
20. Geheimschrift (1815 September 21, Heidelberg) 181
21. Die Sonne kommt! Ein Prachterscheinen (1815 September 22, Heidelberg) 182
22. Sag, du hast wohl viel gedichtet (1815 September 22, Heidelberg) 183
23. An des lustgen Brunnens Rand (1815 September 22, Heidelberg) 183
24. Ist es möglich! Stern der Sterne (1815 September 24, Heidelberg) 184
25. An vollen Büschelzweigen (1815 September 24, Heidelberg) 186
26. Lieb um Liebe, Stund um Stunde (1815 September 25, Heidelberg) 187

27. Gingo biloba (1815 September 26 oder kurz vorher, Heidelberg) 187
28. Volk und Knecht und Überwinder (1815 September 26, Heidelberg) 188
29. Deinem Blick mich zu bequemen (1815 September 27 oder schon 19, Heidelberg) 189
30. Locken! haltet mich gefangen (1815 September 30, Heidelberg) 190
31. Soll ich von Smaragden reden (1815 September 30, Mannheim) 191
32. Mir will es finster bleiben (1815 Oktober 1, Heidelberg) 191
33. Buch Suleika (1815 Oktober 6?, Heidelberg?) 192
34. Kaum daß ich dich wieder habe (1815 Oktober 7, Heidelberg) 192
35. [Der Eifer] (1815 Oktober 10, Meiningen) 193
36. Wie des Goldschmieds Bazarlädchen (1815 Oktober 10, Meiningen) 196
37. Herrin! sag, was heißt das Flüstern (1815 Oktober 10, Weimar) 199
38. Ein Spiegel, er ist mir geworden (1815 Oktober vor 26, Weimar) 200
39. Die Flut der Leidenschaft, sie stürmt vergebens (1815 Spätherbst, Weimar oder Jena) 201
40. Die Sonne, Helios der Griechen (1815 November 7, Weimar) 201
41. Es klingt so prächtig, wenn der Dichter (1815 November 7, Weimar) 203
42. Sprich, unter welchem Himmelszeichen (1816 Januar 8, Weimar) 203
43. Laß deinen süßen Rubinenmund (1816) 204
44. O! daß der Sinnen doch so viele sind! (1816?) 204
45. Auch in der Ferne dir so nah (1816?) 204
46. Wenn ich dein gedenke (1816?) 204

47. Und warum sendet (1816?) 205
48. Die Liebende (1816?) 206
49. Kenne wohl der Männer Blicke (1817 Dezember 12, Jena) 206
50. Behramgur, sagt man, hat den Reim erfunden (1818 Mai 3?, Jena?) 207
51. Ja, die Augen warens, ja, der Mund (1818 Juli 21, Jena) 208
52. Liebchen, ach! im starren Bande (1819 August Mitte?, Jena) 208
53. Hudhud auf dem Palmen-Steckchen (1819 Dezember, Weimar) 209
54. Hudhud sprach: Mit Einem Blicke (1819 Dezember, Weimar) 209
55. Hudhud als einladender Bote (1819?) 209
56. Mag sie sich immer ergänzen (nach 1819?) 209
57. Laßt mich weinen! umschränkt von Nacht (nach 1819?) 210
58. Laß den Weltenspiegel Alexandern (nach 1819?) 210
59. Hudhud erbittet ein Neujahrsgeschenk rätselweise nach 1819) 211
60. Schön und köstlich ist die Gabe (1820 März 5, Weimar) 211
61. Vorschmack (1820 April 23, Weimar) 212
62. Deine Liebe, dein Kuß mich entzückt (1820 Mai 10, Karlsbad) 213
63. Anklang (1820 vor Juni 7, Karlsbad) 216
64. Wieder einen Finger schlägst du mir ein (1820 oder später) 217
65. Ach, ich kann sie nicht erwidern (1820) 218
66. Der vollkommenen Stickerin (1821 September nach 17, Jena) 219
67. Zarter Blumen leicht Gewinde (1825 Nov., Weimar) 219
68. Erinnr ich mich doch spät und früh (1826?) 221
69. Nicht solls von Ihrer Seite kommen (1826 Oktober 24, Weimar) 221
70. Dem aufgehenden Vollmonde! (1828 August 25, Dornburg) 221

71. Nicht mehr auf Seidenblatt (1828 August?, Dornburg?) 222
72. Wie aus Einem Blatt unzählig (1830 April 19, Weimar) 223
73. Vor die Augen meiner Lieben (1831 März 3, Weimar) 223

XIII. ULRIKE

Ulrike v. Levetzow

1. Wie schlimm es einem Freund ergangen (1822 Juli 23/4, Marienbad) 227
2. Die Gegenwart weiß nichts von sich (1822 Juli 23/4, Marienbad) 227
3. Liebeschmerzlicher Zwie-Gesang unmittelbar nach dem Scheiden (1822 Juli 24/5, Marienbad/Eger) 227
4. Du hattest längst mirs angetan (1823 Juli 23/4, Marienbad; vermutlich zuerst an Lili Parthey gerichtet, also hier zu streichen) 229
5. Tadelt man, daß wir uns lieben (1823 August 13?, Marienbad) 229
6. Du Schüler Howards, wunderlich (1823 August 13?, Marienbad) 229
7. Wenn sich lebendig Silber neigt (1823 August 13?, Marienbad) 230
8. Du gingst vorüber? Wie! ich sah dich nicht (1823 August, Marienbad) 230
9. An Madame Marie Szymanowska (1823 August 16/8, Marienbad) 231
10. Was soll ich nun vom Wiedersehen hoffen (1823 September 5/7, Karlsbad/Eger) 232
11. Aus der Ferne (1823 September 10, Eger) 238
12. [An Werther] (1824 März 24/5, Weimar) 238

(Ein kleines Liebesgedicht aus dem Sommer 1823: „Gewogen scheinst du mir zu sein“, das, wie zwei andere nicht hierher gehörige Doppelverse, ein Geschenk Schokolade begleitete, ist in der Weimarer Ausgabe Band 5, Abteilung 2 abgedruckt, Nachdruck verboten.)

XIV. ANHANG

1. An die Entfernte (1769, Frankfurt?, oder um 1778, Weimar?) 243
2. Dir darf dies Blatt ein Kettchen bringen (1770 März?, 1775 Februar?, Frankfurt) 243
3. Stirbt der Fuchs, so gilt der Balg (1770 oder 1771 Sommer, Frankfurt oder Straßburg) 244
4. Blinde Kuh (1770 oder 1771 Sommer, Frankfurt oder Straßburg) 245
5. Ob ich dich liebe, weiß ich nicht (1770 Oktober 2. Hälfte?, Straßburg) 246
6. Rettung (um 1773) 246
7. Auf Christianen R. (1773) 247
8. Bleibe, bleibe bei mir (1775/6?) 249
9. Trocknet nicht! trocknet nicht! (1775 Herbst?, Weimar) 250
10. Du bist mein und bist so zierlich (1778 Juli 28, Weimar) 250
11. Liebhaber in allen Gestalten (um 1780) 250
12. Nähe (1780/6) 253
13. Erster Verlust (1785/6) 253
14. Liebe flößest du ein (1789/90) 253
15. Ha! ich kenne dich, Amor (1789/90) 254
16. Eine einzige Nacht (1789/90) 254
17. Ist es Ernst, so zaudre nicht (1789/90) 254
18. Daß ich schweige, verdrießt dich? (1789/90) 254
19. Eine Liebe hatt ich ... (1790 April/Juni, Venedig) 255
20. Welch ein lustiges Spiel! .. (1790 April/Juni, Venedig) 255
21. Das Wiedersehn (1792/3) 255
22. An die Erwählte (1795/7) 256
23. Deine liebliche Kindheit (1796) 257
24. Erinnerung (1797 Mai 24?, Jena?) 257
25. Abschied (1797 Mai 24?, Jena?) 258
26. An Lina (1799 August?) 259
27. Sehnsucht (um 1802) 259
28. Trost in Tränen (um 1802) 261

29. Selbstbetrug (1802/3) 263
30. Mailied (1810 oder früher) 263
31. Blumengruß (um 1810) 264
32. Gegenwart (1812 Dezember, Weimar) 265
33. Glücklich Geheimnis (1814 August 31, Wiesbaden) 266
34. April (1815/9) 266
35. Mai (1815) 267
36. Juni (1815) 268
37. Du vergehst und bist so freundlich (1815 Mai 27, Wiesbaden) 270
38. Hab ich tausendmal geschworen (1815/9?) 271
39. Blick um Blick (1815/6?) 272
40. Gegenseitig (1816?) 272
41. Aug um Ohr (1817 Mai 17, Jena) 273
42. Wenn ich auf dem Markte geh (vor Herbst 1820) 273
43. Wenn ich mir in stiller Seele (vor 1821 November) 274
44. War schöner als der schönste Tag (1827 Mai) 274
45. Um Mitternacht – ich schlief (1828 Sommer, Dornburg) 275
46. Erinnerung (etwa 1830) 276

EPILOG

Einlaß 277
Schlußwort des Herausgebers 281
Nachwort von E. Staiger 283

Abraxas 167
Abschied 258
Ach, ich kann sie nicht erwidern 218
Ach! mein Hals ist ein wenig geschwollen! 115
Ach! mein Mädchen verreist! Sie steigt zu Schiffe! 123
Ach, so drückt mein Schicksal mich 70
Ach, wer bringt die schönen Tage 253
Ach, wie bist du mir 71
Ach, wie sehn ich mich nach dir 46
Alexander und Cäsar und Heinrich und Friedrich 107
Alles kündet dich an 265
Allgegenwärtige 169
Als ich auf dem Euphrat schiffte 178
Als kleines artges Kind nach Feld und Auen 153
Am heißen Quell verbringst du deine Tage 238
Am Jüngsten Tag, wenn die Posaunen schallen 158
Amor als Landschaftsmaler 91
Amor bleibet ein Schalk, wer ihm vertraut 107
Amyntas 134
An Annetten 19
An Belinden 54
An den Geist des Johannes Secundus 72
An den Mond (Füllest wieder 's liebe Tal) 73
An den Mond (Schwester von dem ersten Licht) 31
An den Schlaf 15
An des lustgen Brunnens Rand 183
An die Entfernte 243
An die Erwählte 256
An ein goldnes Herz, das er am Halse trug 63
An Fräulein Wilhelmine Herzlieb 161
An Lili 64

An Lina 259
An Madame Marie Szymanowska 231
An meine Lieder (Seid, geliebte kleine Lieder) 19
An meine Lieder (Verfließet, vielgeliebte Lieder) 32
An Venus 24
An vollen Büschelzweigen 186
Angedenken du verklungner Freude 63
Anklang 216
Annette an ihren Geliebten 15
April 266
Arm an Geiste kommt heut spät dein Geliebter 79
Arm und kleiderlos war sie, als ich 124
Auch in der Ferne dir so nah! 204
Auf Christianen R. 247
Auf Kieseln im Bache, da lieg ich, wie helle 27
Aug um Ohr 273
Augen, sagt mir, sagt, was sagt ihr? 266
Aus dem Zaubertal dortnieden 74
Aus der Ferne 238
Balde seh ich Rickchen wieder 43
Behramgur, sagt man, hat den Reim erfunden 207
Bin so in Lieb zu ihr versunken 81
Bleibe, bleibe bei mir 249
Blick um Blick 272
Blinde Kuh 245
Blumengruß 264
Buch Suleika 192
Cäsarn wär ich wohl nie zu den Britannen 109
Charade 157
Christgeschenk 160
Cupido, loser, eigensinniger Knabe 94
Da du nun Suleika heißest 173
Das Beet, schon lockert 141
Das Glück, an Annetten 26

Das Glück der Liebe 29
Das ist dein eigenes Kind nicht, worauf du bettelst 121
Das Wiedersehn 255
Daß du zugleich mit dem heilgen Christ 84
Daß ich schweige, verdrießt dich? Was soll ich 254
Daß Suleika in Jussuph vernarrt war 172
Deine Grüße hab ich wohl erhalten 75
Deine Liebe, dein Kuß mich entzückt 213
Deine liebliche Kleinheit 257
Deinem Blick mich zu bequemen 189
Dem aufgehenden Vollmonde! 221
Dem Schnee, dem Regen 69
Den Einzigen, Lotte, welchen du lieben kannst 79
Den kleinen Strauß, den ich dir binde 55
Den 6. Juni 1816 142
Denn was der Mensch in seinen Erdeschranken 83
Der Abschied 35
Der Besuch 97
Der du mit deinem Mohne 15
Der echte Moslem spricht vom Paradiese 212
[Der Eilfer] 193
Der neue Pausias und sein Blumenmädchen 126
Der Schmetterling 25
Der Strauß, den ich gepflücket 264
Der vollkommenen Stickerin 219
Der Vorhang schwebet hin und her 263
Der wahre Genuß 20
Dich beglückte ja mein Gesang 209
Dich verwirret, Geliebte, die tausendfältige 135
Dichter benamst 173
Die Flut der Leidenschaft, sie stürmt 201
Die Gegenwart weiß nichts von sich 227
Die Leidenschaft bringt Leiden! – Wer beschwichtigt 231
Die Liebe wider Willen 29

Die Liebende 206
Die Liebende abermals 148
Die Liebende schreibt 147
Die Liebhaber 16
Die Metamorphose der Pflanzen 135
Die Nacht 23
Die Reliquie 27
Die schön geschriebenen 179
Die Sonne, Helios der Griechen 201
Die Sonne kommt! Ein Prachterscheinen 182
Die Welt durchaus ist lieblich anzuschauen 165
Dies zu deuten, bin erbötig 178
Dieses Baums Blatt, der von Osten 187
Dir darf dies Blatt ein Kettchen bringen 243
Dir mit Wohlgeruch zu kosen 175
Draußen am Orte 216
Du bist mein und bist so zierlich 250
Du erstaunest und zeigst mir das Meer 122
Du gingst vorüber? Wie! ich sah dich nicht 230
Du hast uns oft im Traum gesehen 26
Du hattest längst mirs angetan 229
Du machst die Alten jung, die Jungen alt 75
Du Schüler Howards, wunderlich 229
Du siehst so ernst, Geliebter! Deinem Bilde 145
Du vergehst und bist so freundlich 270
Du versuchst, o Sonne, vergebens 142
Ein Blick von deinen Augen in die meinen 147
Ein grauer, trüber Morgen 39
Ein Spiegel, er ist mir geworden 200
Ein Strom entrauscht umwölktem Felsensaale 145
Ein Werkzeug ist es, alle Tage nötig 211
Eine einzige Nacht an deinem Herzen! – Das andre 254
Eine Liebe hatt ich, sie war mir lieber als alles 255
Eine schädliche Frucht reicht' unsere Mutter 77

Einen wohlgeschnitzten Becher 77
Einer 125
Einer Einzigen angehören 84
Eines ist mir verdrießlich vor allen Dingen 112
Einlaß 277
Entsagen 160
Entwöhnen sollt ich mich vom Glanz der Blicke 160
Epoche 159
Erinnerung (Gedenkst du noch der Stunden) 276
Erinnerung (Wenn die Reben wieder blühen) 257
Erinnr ich mich doch spät und früh 221
Erkanntes Glück 80
Erster Verlust 253
Erwache, Friedericke 45
Erwählter Fels 80
Es klingt so prächtig, wenn der Dichter 203
Es nannten ihre Bücher 19
Es schlug mein Herz; geschwind zu Pferde 40
Euch bedaur ich, unglückselge Sterne 77
Felsen sollten nicht Felsen und Wüsten Wüsten 82
Fetter grüne, du Laub 62
Frage nicht nach mir, und was ich im Herzen 79
Frech und froh 102
Freundliches Begegnen 153
Froh empfind ich mich nun auf klassischem 104
Fromm sind wir Liebende, still verehren wir 103
Frühling übers Jahr 141
Füllest wieder 's liebe Tal 73
Für Sie 7
Gedenkst du noch der Stunden 276
Gefunden 140
Gegenseitig 272
Gegenwart 265
Geheimschrift 181

Gern verlass ich diese Hütte 23
Gewiß, ich wäre schon so ferne, ferne 82
Gewöhnung 157
Gingo biloba 187
Glänzen sah ich das Meer und blinken 122
Glücklich Geheimnis 266
Göttlicher Morpheus, umsonst bewegst du 122
Gott hab ich und die Kleine 96
Grausam handelt Amor mit mir 125
Große Venus, mächtge Göttin 24
Guter Tag 165
Ha! ich kenne dich, Amor, so gut als einer 254
Hab ich tausendmal geschworen 271
Hab oft einen dummen düstern Sinn 247
Hätt ich irgend wohl Bedenken 166
Hand in Hand! und Lipp auf Lippe 256
Hatem. Dies zu deuten, bin erbötig 178
Herbstlich leuchtet die Flamme 106
Herrin! sag, was heißt das Flüstern 199
Herz, mein Herz, was soll das geben 53
Heute steh ich meine Wache 279
Hier bildend nach der reinen stillen 69
Hier gedachte still ein Liebender 80
Hierhergetrabt, die Brust voll tiefem Wühlen 71
Hinter jenem Berge wohnt 268
Hörest du, Liebchen! das muntre Geschrei 118
Holde Lili, warst so lang 62
Hudhud 174
Hudhud als einladender Bote 209
Hudhud auf dem Palmen-Steckchen 209
Hudhud erbittet ein Neujahrsgeschenk 211
Hudhud sprach: Mit Einem Blicke 209
Ich besänftge mein Herz 165
Ich bin eben nirgend geborgen 71

Ich dacht, ich habe keinen Schmerz 227
Ich ging im Felde 139
Ich ging im Walde 140
Ich habe geliebet, nun lieb ich erst recht 96
Ich kam von einem Prälaten 219
Ich kenn, o Jüngling, deine Freude 27
Ich komme bald, ihr goldnen Kinder 40
Ich möchte dieses Buch wohl gern 192
Ich sah, wie Doris bei Damöten stand 15
Ich weiß es wohl, und spotte viel 29
Ich wollt, ich wär ein Fisch 250
Ich zweifle doch am Ernst verschränkter Zeilen 156
Ihr liebt, und schreibt Sonette! Weh der Grille 155
Im Felde schleich ich still und wild 63
Im Herbst 1775 62
Im holden Tal, auf schneebedeckten Höhen 64
Im Vorübergehn 139
Im weiten Mantel bis ans Kinn verhüllet 153
Immer halt ich die Liebste begierig im Arme 119
In deinem Liede walten 7
In der Dämmrung des Morgens 124
In tausend Formen magst du dich verstecken 169
Ist doch keine Menagerie 55
Ist es Ernst, so zaudre nicht länger 254
Ist es möglich, Stern der Sterne 184
Ists möglich, daß ich, Liebchen, dich kose 165
Ja, die Augen warens, ja, der Mund 208
Jägers Nachtlied 63
Jähe Trennung 146
Jetzt fühlt der Engel, was ich fühle 41
Juni 268
Kaisergaben 170
Kannst du, o Grausamer! mich 105
Kaum daß ich dich wieder habe 192

Kenne wohl der Männer Blicke	206
Kleine Blumen, kleine Blätter	41
Königen, sagt man, hat die Natur	79
Komm, Liebchen, komm! umwinde mir die Mütze!	165
Laß deinen süßen Rubinenmund	204
Laß den Weltenspiegel Alexandern	210
Laß dich, Geliebte, nicht reun, daß du so schnell	102
Laß mein Aug den Abschied sagen	35
Laßt euch, o Diplomaten	181
Laßt mich weinen! umschränkt von Nacht	210
Leichte Silberwolken schweben	267
Lieb um Liebe, Stund um Stunde	187
Liebchen, ach! im starren Bande	208
Liebchen benamst	172
Liebchen, kommen diese Lieder	259
Liebe flößest du ein und Begier	253
Lieber, heiliger, großer Küsser	72
Liebeschmerzlicher Zwie-Gesang	227
Liebesqual verschmäht mein Herz	102
Liebhaber in allen Gestalten	250
Lilis Park	55
Locken	176
Locken! haltet mich gefangen	190
Mächtiges Überraschen	145
Mag sie sich immer ergänzen	209
Mai	267
Maifest	43
Mailied	263
Manche Töne sind mir zuwider, doch bleibet	112
Mein Mädchen im Schatten der Laube	16
Mein Mädchen ward mir ungetreu	246
Mein süßes Liebchen! Hier in Schachtelwänden	160
Meine Liebste wollt ich heut beschleichen	97
Mir will es finster bleiben	191

Mit einer Hyazinthe 74
Mit Flammenschrift war innigst eingeschrieben 159
Mitternachts weint und schluchzt ich 173
Morgenklagen 99
Myrt und Lorbeer hatten sich verbunden 164
Nach Mittage saßen wir 244
Nachtgespenster 173
Nähe 253
Nemesis 154
Neue Liebe neues Leben 53
Nicht Gelegenheit macht Diebe 177
Nicht mehr auf Seidenblatt 222
Nicht solls von Ihrer Seite kommen 221
Nikias, trefflicher Mann, du Arzt des Leibs 134
Noch einmal wagst du, vielbeweinter Schatten 238
Noch ist Italien, wie ichs verließ 87
Nur wenig ists, was ich verlange 170
O! daß der Sinnen doch so viele sind 204
O du loses, leidigliebes Mädchen 99
O liebliche Therese 245
O! wie achtet ich sonst 122
O wie selig ward mir 174
Ob ich dich liebe, weiß ich nicht 246
Oft sind alle neune gekommen 121
Oftmals hab ich geirrt 123
Rettung 246
Rosenöl 175
Sag, du hast wohl viel gedichtet 183
Sag ichs euch, geliebte Bäume? 76
Saß ich früh auf einer Felsenspitze 91
Schläfst du noch immer? Nur still 121
Schön und köstlich ist die Gabe 211
Schreibt er in Neski 206
Schütte die Blumen nur her, zu meinen Füßen 126

Schwer erhalten wir uns den guten Namen 115
Schwester von dem ersten Licht 31
Sehnsucht 259
Seid, geliebte kleine Lieder 19
Selbstbetrug 263
Sie kann nicht enden 148
So hab ich würklich dich verloren 243
Soll ich von Smaragden reden 191
Sollt ich mich denn so ganz an sie gewöhnen 157
Sprich! unter welchem Himmelszeichen 203
Stirbt der Fuchs, so gilt der Balg 244
Süß, den sprossenden Klee im Frühling 120
Süße Freundin, noch einen, nur einen Kuß 255
Süße Sorgen 114
Süßes Kind, die Perlenreihen 167
Suleika. Als ich auf dem Euphrat schiffte 178
Tadelt man, daß wir uns lieben 229
Traurig, Midas, war dein Geschick 123
Trink, o Jüngling, heilges Glücke 29
Trocknet nicht! trocknet nicht 250
Trost in Tränen 261
Tulbend 165
Über meines Liebchens Äugeln 266
Um Mitternacht – ich schlief, im Busen wachte 275
Umsonst, daß du, ein Herz zu lenken 20
Unbeständigkeit 27
Und frische Nahrung, neues Blut 61
Und ich geh meinen alten Gang 70
Und in Papillons Gestalt 25
Und so tändelt ich mir, von allen Freuden 124
Und warum sendet 205
Verfließet, vielgeliebte Lieder 32
Volk und Knecht und Überwinder 188
Voll Locken kraus ein Haupt so rund 176

Vom Berge in die See 60
Von mehr als Einer Seite verwaist 80
Von Osten nach Westen 125
Vor die Augen meiner Lieben 223
Vorschmack 212
Wachsende Neigung 153
War schöner als der schönste Tag 274
War unersättlich nach viel tausend Küssen 146
Warnung 158
Warum bist du, Geliebter, nicht heute 111
Warum gabst du uns die tiefen Blicke 67
Warum ich wieder zum Papier mich wende 148
Warum treibt sich das Volk und schreit so 120
Warum ziehst du mich unwiderstehlich 54
Was dem Auge dar sich stellet 273
Was die gute Natur weislich nur vielen 80
Was ich leugnend gestehe und offenbarend 82
Was mir in Kopf und Herzen stritt 73
Was soll ich nun vom Wiedersehen hoffen 232
Was zieht mir das Herz so 259
Weichet, Sorgen, von mir 114
Weit und schön ist die Welt 124
Welch ein lustiges Spiel 255
Welch ein Mädchen ich wünsche 121
Wenn die Reben wieder blühen 257
Wenn du dich im Spiegel besiehst 272
Wenn du mir sagst, du habest als Kind 106
Wenn durch das Volk die grimme Seuche wütet 154
Wenn einen seligen Biedermann 49
Wenn ich auf dem Markte geh 273
Wenn ich dein gedenke 204
Wenn ich, liebe Lili, dich nicht liebte 60
Wenn ich mir in stiller Seele 274
Wenn ich nun gleich das weiße Blatt dir schickte 148

Wenn Kranz auf Kranz den Tag umwindet 161
Wenn sich lebendig Silber neigt 230
Wie aus Einem Blatt unzählig 223
Wie des Goldschmieds Bazarlädchen 196
Wie du mir oft, geliebtes Kind 253
Wie einst Titania im Traum- und Zauberland 75
Wie herrlich leuchtet 43
Wie irrig wähnest du 177
Wie kommts, daß du so traurig bist 261
Wie schlimm es einem Freund ergangen 227
Wie sitzt mir das Liebchen 272
Wieder einen Finger schlägst du mir ein 217
Willst du mich sogleich verlassen 221
Wißt ihr, wie ich gewiß euch Epigramme 122
Wo man mir Guts erzeigt überall 193
Woher sind wir geboren 83
Wonniglich ists, die Geliebte verlangend 115
Zarter Blumen leicht Gewinde 219
Zieret Stärke den Mann und freies 113
Zu lieblich ists, ein Wort zu brechen 258
Zünde Licht an, Knabe! 109
Zum Tanze schick ich dir den Strauß 76
Zwei Worte sind es, kurz, bequem zu sagen 157
Zwischen beiden Welten 84
Zwischen Felsen wuchsen hier 70
Zwischen Weizen und Korn 263

Goethes Liebesgedichte
Dritte Auflage 1993 in der Insel-Bibliothek

Druck: Nomos Verlagsgesellschaft, Baden-Baden
Papier 70 g holzfrei Werkdruckpapier
von der Papierfabrik Schoeller & Hoesch, Gernsbach
Die beiden Einbandarten:
Fadengeheftet und flexibel gebunden in Feincanvas
der Vereinigten Kaliko, Bamberg
und in rotem Ziegenleder
von der Buchbinderei Lachenmaier, Reutlingen
Ausstattung: Max Bartholl und Rolf Staudt
Printed in Germany

ISBN 3-458-14298-3
Leinenausgabe
ISBN 3-458-14299-1
Lederausgabe